언제라도 안아줄게

언제라도 안아줄게
ⓒ 양진채

| 1판 1쇄 발행 | 2025년 11월 20일 |

지은이	양진채
펴낸이	정홍수
편집	김현숙 이명주
펴낸곳	(주)도서출판 강
출판등록	2000년 8월 9일(제2000-185호)

주소	서울시 마포구 동교로17안길 21 (우 04002)
전화	02-325-9566
팩시밀리	02-325-8486
전자우편	gangpub@hanmail.net

값 15,000원
ISBN 978-89-8218-372-0   03810

* 이 책의 판권은 지은이와 도서출판 강에 있습니다.
  이 책 내용의 전부 또는 일부를 재사용하려면 반드시 양측의 서면 동의를 받아야 합니다.
* 잘못 만들어진 책은 구입처에서 교환해드립니다.

* 이 책은 서울특별시, 서울문화재단 '2024년 창작집 발간지원 사업'의 지원을 받아 발간되었습니다.

언제라도 안아줄게

양진채 장편소설

강

차 례

프롤로그   7
언제라도 안아줄게   15
에필로그   223

작가의 말   228

프롤로그

너는 그날을 기억해. 아니, 기억한다는 말은 맞지 않아. 그날은 네게서 늘 맴돌고 있었으니까. 파문의 중심처럼, 네 안에서 미동도 하지 않는데 끊임없이 회오리를 일으키고 있었으니까.

냄새.

익숙하지만 낯선 냄새.

그날을 떠올릴 때마다 어떤 감각보다 먼저 후각이 예민해져. 2월이었지. 같은 2월이어도 그때는 지금보다 훨씬 추웠을 때야. 데이터를 들이밀지 않아도 알 수 있어. 같은 날씨라도 추위를 막기 위해 입은 옷이 달랐거든. 신발이 달랐거든. 밖이고 집이고 너무 추워서 몸이 저절로 딱딱하게 오그라드는 것 같았거든. 잠결에 동상에 걸린 발이 참을 수 없이 가려워 맹렬하게 긁어대던 때였거든. 밤에 쥐가 동상이 든 발가락을 물기도 하는 그런 때였거든. 그런데 냄새. 한겨울이었는데, 이제 막 해가 떠오르는 이른 아침이었는데, 냄새도 얼어버렸을 것 같은데 아니었어. 비아냥거리는, 낄낄대는, 찍어 누르는 고함 소리, 앳된 그녀들의 비명이 냄새에 갇혀버렸으니까.
 그리고,
 그리고,
 명숙은 본능적으로 배를 감쌌어. 너는 공포로 굳어 있었고 너를 보호해야 했지. 공포는 명숙의 감정이었지만 네게 고스란히 전해졌어. 불안하고 떨리던, 분노에 차 어쩔 줄을 모르던, 터져버릴 것 같던 그 생생한 느낌을 아직도 기억해. 그건 네가 느낀 마지막 감정이었으니까. 그들은 방화수 통에 똥물을 담아왔어. 고무장갑을 끼고 변소에서 퍼온 똥물을 노조 사무실 곳곳에 던지고 뿌리고, 아무것도 모르고 투표하기 위해 나오던 여공의 가슴이고, 입이고 집어넣었어. 똥물, 아예 통째로 들이붓기도 하던 그 믿을 수 없는 똥물, 그리고 그 지독한 냄새. 밤새 일을 하고 그래도 기운차게 노래를 부르고 손뼉을 치며, 30도가 넘는 공장 안에서 입던 얇은 작업복 그대로 노조 사무실로 발맞춰 오던 그녀들, 아니 우리들.

우리들은 정의파다 훌라 훌라 같이 죽고 같이 산다 훌라 훌라 무릎 꿇고 살기보다 서서 죽길 원한다 우리들은 정의파다.

노래가 울려 퍼지던 시린 하늘. 그러니까 그녀들은 단지 노조 지부장 선거를 위해 투표하러 가던 길이었어. 명숙이 그랬지. 난 노조 일 같은 거 앞장서서 안 할 거라고. 그래도 투표는 해야지. 선거잖아. 단지 투표를 하러 가던 길이었는데 똥물을 뒤집어쓰게 됐어. 그 역한 냄새. 아침에 일어나자마자 서둘러 공중변소 앞에 줄 서 있을 때 맡았던 냄새와도 다른 그 이질적인 냄새. 그 냄새에 섞인 분노와 치욕을 생각하면 그건 이 세상에서 맡을 수 있는 가장 끔찍한 냄새라고 할 수 있을 거야. 명숙이 두 주먹을 쥐었어. 손톱이 살을 뚫을 듯 파고드는 것도 모른 채, 밤을 새운 뻑뻑한 눈의 실핏줄이 터지는 줄도 모른 채 눈을 부릅뜨고, 어금니를 얼마나 세게 물고 있는지도 모른 채 덜덜 떨었어. 갑자기 똥물을 뒤집어쓰고 분노에 치를 떨지 않을 사람이 어디 있어.

명숙의 뱃속에 있던 한 생명, 아니 한 영혼, 이미 기관이 생겨났고 살이 붙기 시작하던 너는, 무방비 상태로 헤엄치던 너는 온몸을 더 바짝 둥글게 말았지. 살기 위해, 어미인 명숙의 화염 같은 분노가 네게 닿지 않도록, 네 심장에 닿지 않도록 몸을 웅크렸지.

그 와중에도 누군가 사진관으로 달려갔어. 사진사 아저씨가 뛰쳐나와 사진을 찍어주지 않았다면, 어쩌면 그녀들에게 뿌려졌던 똥물은 냄새와 함께 사라졌을지도 몰라. 노조에서 새 지부장을 뽑는 선거를 치를 뿐인데 혹시 일어날지도 모를 사태에 대비해 불렀던 경찰은 방관했고, 상급 노조인 섬유노조에서 온 간부들은 잔뜩 위압적인 분위기만 풍겼어. 그러거나 말거나 법에 정해진 대로 투표를 하러 노조 사무실로 가고 있었을 뿐인데, 회사의 사주를 받은 것이 분명한 반대파 남자 조합원들이 투표함을 부수고 똥물을 뿌린 거야.

그녀들이 그토록 울부짖고 소리치고 도와달라고 해도 경찰은 지켜보기만 했어. 상급 노조에서 파견 온 간부들도 마찬가지였고. 이런 사태를 짐작이라도 했던 것처럼 그들은 손가락질하며 시시덕거리고 멸시 가득한 눈으로, 능글맞은 눈으로 쳐다보기만 했어. 이 아비규환과도 같은 현장을 방관하고 있었지. 어떻게, 어떻게 이럴 수가 있는 것인지. 고구마를 먹다가 가슴에 꽉 얹힌 것처럼 숨이 쉬어지지 않았어. 누가 시원한 동치미 국물 한 사발 주면 좋을 텐데, 그대로 죽어버릴 것만 같은데, 그런 건 없었어.

누군가 너무 억울해서 우리가 아무리 가난해도 똥을 먹고 살 수는 없다고 울부짖었지만 이어진 건 무자비한 구타. '우리'는 공순이였으니까. 가난하고 무식한 공순이, 주면 주는 대로 먹고, 시키면 시키는 대로 기계처럼 일해야 하는 공순이였으니까. 근로자의 날에는 산업역군이라고, 이 나라를 부강하게 만든 수출역군이라고 추켜줬지만 그건 허울. 그것도 잘 만들어진 방송이라는 프레임 안에서. 무좀 걸려 가려운 발가락을 꼼지락거리며, 실이 끊어질까 봐 이 기계에서 저 기계로 솜먼지 가득한 공장 안을 동동거리던 그녀들의 영혼은 탈탈 털려 박제되었으니까.

  그녀들은 울었어. 똥이 묻은 옷을 입고, 똥 냄새 나는 한가운데서 머리채를 잡힌 채 끌려가며, 맞아가며 엉엉 울었어. 아파서가 아니라 너무 억울해서, 분해서 참을 수가 없었어. 하지만 아무도 그 울음을 닦아주지 않았어. 그녀들은 못 배우고 가난한 공순이였으니까.

  아득한 곳에서 종소리가 들려왔어. 너는 그 소리를 들어. 묵직한 진동 소리, 그 위에 얹히는 또 다른 종소리. 움츠린 채로, 완벽한 어둠 속에 갇히기 전 마지막 기도 소리를 들어.

은총이 가득하신 마리아님, 기뻐하소서.
주님께서 함께 계시니 여인 중에 복되시며
태중의 아들 예수님 또한 복되시나이다.
천주의 성모 마리아님,
이제와 저희 죽을 때에

저희 죄인을 위하여 빌어주소서.

너는 그렇게 끝내 어둠 속에 갇혔어. 그리고 영원히 살아 명숙의 주위를 맴돌았지. 한 번도 안겨보지 못한 어미의 품을 파고들려는 듯 그렇게 곁을 떠나지 못했어. 그건 그리움과 외로움 사이 아득한 갈망 같은, 겹겹이 싸인 푸른 안개 속, 도대체 실체를 파악할 수 없는 목마름 같은 거였어.

1

 태오는 집을 나서려다 대문을 기웃거리는 여자를 만났다. 보따리를 안고 있던 여자가 고개를 반쯤만 들고 종이쪽지를 내밀었다.
 "혹시, 여기가……"
 태오는 집 주소가 적힌 종이쪽지를 보며 여자의 미묘한 사투리를 들었다. 흘낏 여자의 단발머리 사이로 보이던 목덜미와 보따리, 발목까지 오는 흰 양말을 보이지 않게 훑었다. 태오 또래로 보이는 여자였다. 검지 손톱을 깨무는 여자를 보다가 대문에서 비켜서서 건너편 방을 가리켰다.
 대문 안으로 들어간 여자가 건넛방 문을 두드리며 명숙 언니, 하고 불렀다. 태오는 그 방에 사는 여자 이름이 명숙이라는 걸 처음 알았다. 태오보다 몇 살 더 많아 보이는 여자가 건넛방에 살았다. 그 방의 여자들은 모두 근처 방직공장에 다녔다. 태오네 집뿐만 아니라 웬만한 집은 어떻게든 여분의 방을 만들어 세를 주었다. 주말이면 집집마다 빨랫줄에 작업복이 널렸다. 제철공장의 짙푸른 작업복이 아니면 방직공장의 희거나 푸른 작업복이 널리지 않는 집이 없었다. 서너 명이 자기엔 좁은 방이었지만 삼교대 근무라 자는 시간이 달랐다.

언젠가 태오가 마당에 있을 때, 그 방에서 까르르 웃으며 애기하는 소리를 들었다. 서로 토닥거리듯 애기를 하고 있었는데, 아이, 이 가시나 말하는 것 좀 보래이 하는 말이 선명하게 들렸다. 태오는 저도 모르게 웃었다. 그 억양 때문이었는지, 자못 발랄한 음색 때문이었는지 모르지만 가시나 하고 자기들끼리 부르는 그 말이 다정하게 느껴졌다.

말을 섞어본 적은 없었다. 어머니는 그들이 비록 돈이 없어 공부는 제대로 못했지만 생활력 하나는 대단하다고 했다. 제대로 먹지도 못하고 자지도 못하면서 힘들게 일해서 번 돈을 자기들은 쓰지 않고 몽땅 시골집에 보낸다고 했다. 시골집 줄줄이 달린 형제들이 제비 새끼처럼 누이가 벌어온 돈을 쪼아 먹으며 공부를 하고 먹고살기도 한다고. 얼마나 착실한 아가씨들인지 몰라.

괭이갈매기 몇 마리가 날아다녔다. 수문통으로 밀물에 배가 들어왔다 나간 모양이었다. 저렇게 배를 따라 들어왔던 갈매기들이 수문통 끝자락에 와서 길을 잃는 경우가 종종 있었다. 결국 어떻게든 바다 쪽으로 되돌아나갔을 테지만 번번이 작은 배를 따라 들어와 포구나 부두가 아닌 수문으로 막힌 막다른 곳에 당도한 새의 기분이 어떨까 싶었다.

조금 높은 지대에 위치한 학교에 서둘러 가려면 숨이 차기도 했지만 산 끝자락에 아늑하게 자리한 학교라 계절의 풍광을 누구보다 빨리 느낄 수 있기도 했다. 명성이 자자한 학교였다. 몇 년 전부터 고교평준화 제도가 시행되어 태오는 그야말로 뺑뺑이로 들어왔지만 선생님은 말했다. 선배들이 이루어 놓은 이 학교의 명성을 지켜나가야 한다고. 선생님 말이 아니더라도 이 학교에 들어오기 위해 전국각지에서 밀려들었던 인재들에 대한 얘기는 넘치도록 들었다. 지역의 자랑이었다. 집에서는 평준화 제도 덕에 들어간 학교였는데도 이 학교에 입학한 것을 자랑스러워했다. 명성이 그냥 스러지지 않는다는 걸 도서관 서고에 꽂힌 책들이 누렇게 바래며 풍기는 세월의 냄새가 증명했다. 습하면서도 바스락거리는 종이에 코를 대면 아득한 냄새가 올라왔다. 도서관은 늦게까지 불이 켜져 있었고, 동네 사람들은 불 밝힌 도서관을 등대라고 불렀다.

도서관 창으로 들어온 햇살이 책상과 서가를 어루만졌다. 태오는 창가 쪽으로 자리를 잡고 책을 펴들었다. 곧 해가 질 것이다. 해가 지고 학교가 어둠에 잠길 시간에도 가장 늦게까지 불을 밝히는 도서관이 좋았다. 아니, 도서관 안에서 어둠에 잠긴 창밖을 볼 때, 도서관과 창밖 사이 유리창에 어른거리는 자신의 모습을 보는 게 좋았다.

이 학교에 들어와 가장 먼저 들은 말도, 가장 많이 듣는 말도 양심이라는 말이었다. 책을 자유롭게 가져가 읽고 가져다 놓는 개가식 도서관, 선생님들이 시험 감독을 하지 않는 무감독 시험은 이 학교의 자랑이었다. 자랑은 자부심이었고, 대다수의 학생은 스스로 규율을 세우고 지켰다. 학교를 다니는 동안 좀 더 성숙해진 듯했고, 책임이 따르는 어른이 된 기분이었다.

태오는 습관처럼 안쪽을 둘러보았다. 그가 앉는 자리가 비어 있었다. 도서관에 마지막까지 남아 있는 학생은 몇 명 되지 않았다. 언젠가부터 태오의 시선은 한 사람에게 자주 머물렀다. 그는 도서관에 있는 동안 졸거나 책상에 엎드리거나 하품을 하지 않았다. 처음 들어올 때와 똑같이 허리를 곧추세우고 책을 읽었다. 책을 읽지 않을 때는 창밖을 바라볼 때가 유일한 거 같았다. 그는 창밖을 볼 때조차도 깊은 사색에 잠긴 얼굴이었다. 또래로 보이는데 그의 몸짓은 훨씬 어른스러워 보였다.
 그의 존재를 안 뒤부터 어디서든 그가 눈에 띄었다. 그의 잘생긴 외모, 바른 자세에는 좋은 집안에서 교육을 잘 받은 모범생의 느낌과는 또 다른, 그 이상의 무언가가 있었다. 이상한 경쟁심과 질투에 휩싸였다. 그러지 않으려고 해도 도달할 수 없는 곳을 갈망하는 자의 비애에 젖어들 때면 알 수 없는 열패감이 들기도 했다. 도서관에 들어서는 순간부터 그를 의식했고, 인정하기 싫지만 그를 닮으려고 하는 자신을 발견했다.
 책꽂이에 꽂혀 있는 책을 둘러보다가 사전을 꺼내 들었다. 두꺼운 사전을 휘리릭 넘기다가 가시나를 찾았다. 피식 웃었다. 계집아이의 방언. 굳이 찾지 않아도 아는 말이었다. 사전을 꽂으며 건넛방에서 나오던 웃음소리를 기억했다. 생각해 본 적이 없었다. 그 방에 어떤 이들이 들고 나는지. 거긴 어머니의 영역이었다. 그들이 낸 방세 덕에 자신이 학교에 다니는데, 그들에게 관심을 갖지 않았다. 그건 꼭 그 나이 또래의 여자들을 대할 때 느끼는 쑥스러움 때문만은 아니었다.
 태오는 요즘 생각이 많아졌다. 얼마 전 신부님은 복사를 하는 태오에게 새벽과 저녁 종 치는 일을 맡아주면 어떻겠느냐고 했다. 류 아저씨가 허리를 조금 다쳐 종을 칠 때 무리가 가서 당분간 요양이 필요하다고 했다. 새벽종 치는 일은 방학

동안만 도와주고, 저녁엔 쭈욱 맡아줘도 좋겠다고 했다. 성당에 종을 칠 수 있는 신자는 몇 없었다. 종을 치는 일은 엄청난 힘 말고도 적절한 힘의 안배가 필요했다.

　삼종 소리 듣는 것을 좋아했지만 종을 치는 일을 돕는다는 생각은 해본 적이 없었다. 무얼 어떻게 도와야 하는지 구체적인 얘기도 없었다. 신부님은 태오 어깨에 손을 얹고 기도하는 듯한 음성으로 해줄 수 있지? 라고 말했을 뿐이었다. 신부님과 얘기를 나눠본 적도 많지 않았다. 태오는 무엇 때문에 신부님이 그렇게 얘기한 것인지 알 수 없었지만 고개를 끄덕였다. 신부님이 어깨에 손을 얹을 때, 거절할 수 없는 무게가 얹히는 기분이었다.

　어머니에게 신부님의 말씀을 전했을 때 어머니는 태오의 양팔을 쓰다듬으며 좋아했다. 체구가 작은 어머니가 당신 키를 훌쩍 넘기며 커가는 태오를 어린아이 쓰다듬듯이 했다. 종은 새벽 여섯시와 저녁 여섯시에 쳤다.

　첫날, 태오는 잠을 설쳤다. 종을 치는 일의 사명이 잠을 설치게 했다. 류 아저씨는 시키는 대로만 하면 된다고 했다. 태오가 보기에도 크게 어려울 것 같지 않았다. 하지만 태오는 종을 치러 가야 할 시간이 다가올수록 까닭 없이 두려웠다. 단순히 종을 치러 가는 것이 아니라 하느님께 한 발짝 더 다가간다는 생각 때문이었다. 어머니가 아들을 깨우기 위해 이

마를 슬쩍 만졌을 때 태오는 소스라쳐 일어났다. 깨우려던 어머니가 오히려 아이구, 깜짝이야 했다. 잠이 든 줄도 몰랐다가 갑자기 눈을 뜬 태오는 방 안에 있는 어머니가 낯설었다. 밤새 종을 치러 가는 일을 꽤 고심했던 것 같은데, 성당에 가야지, 라는 어머니 말을 들었을 때는 막상 아무렇지 않게 느껴졌다.

한겨울 새벽의 어둠이 깊은 데 놀랐다. 겨울은 늦게 해가 뜨고 빨리 지는 계절이라는 것을 구체적으로 실감했다. 차가워서 어둠이 더 깊은 것도 같았다. 드문드문 불을 밝힌 집들로 그나마 길만 겨우 구별할 수 있을 정도였다. 어둠과 추위를 떨치려 뛰다시피 성당까지 내달았다. 야트막한 언덕을 오르고 성당이 보일 때에야 멈춰 서서 거친 숨을 골랐다. 날카로운 공기가 목구멍을 파고들어 가슴까지 내려갔다. 숨을 고른 뒤 육중한 성당 문을 열었다. 문이 열리고 다시 뒤에서 닫히는 소리가 세상 밖을 완전히 차단하는 기분이 들었다. 종탑방으로 올라가는 계단실 문을 조심스럽게 열었다. 은은한 불빛을 보자 안도가 되면서도 설렜다. 계단을 오르며 류 아저씨를 불렀다. 부르는 소리도 대답하는 소리도 울렸다. 가슴이 뛰기 시작했다.

고개를 들어 천장을 바라보았다. 세 개의 종이 종탑에 가로로 설치된 굵은 나무 기둥에 하나씩 매달려 있었다. 종들의 높이가 달랐고, 종들 옆으로 도르레에 감긴 밧줄이 내려와 있었다. 류 아저씨가 잡고 있는 종은 가장 높은 곳에 매달린 종이었다. 류 아저씨는 두 손 안에 꽉 차는 굵은 밧줄을 잡고 벽시계를 보고 있었다. 여섯시가 되려면 아직 시간이 좀 남아 있었다.

"잘 찾아왔네. 춥지?"

"괜찮아요."

태오는 몸을 후두둑 털며, 춥냐고 묻는 류 아저씨의 굵은 팔뚝을 보았다. 차돌처럼 단단한 근육이 금방이라도 셔츠를 뚫고 나올 것만 같았다. 그 근육이 그동안 봐온 아저씨 얼굴을 달라 보이게 했다. 활달하고 인심 좋은 아저씨라고 생각했는데 옹골찬 느낌이 더 컸다.

"저는 뭘 하면 될까요?"

"하긴 뭘 해. 잘 보기만 하면 되지."

아저씨가 씨익 웃었다.

종을 치는 일을 할 줄 알았는데 그게 아니라는 소리에 실망했지만 태오도 멋쩍게 따라 웃었다. 아저씨가 다시 시계를 바라보았다.

"새벽에 나오려니 힘들지?"

"어둠이 이렇게 깊은 줄 몰랐어요."

"지금은 겨울이라 더 그래. 여름엔 다니기 한결 수월할 거야. 자, 우선 여섯시에 맞춰 정확하게 종을 쳐야 하니 너는 내 손 위에 손을 올려 감각을 익혀봐. 종은 천천히 세 번, 그리고 그보다 빠르게 서른세 번을 칠 거야. 전에 한 번 말해준 거 잘 기억하지?"

물론 알고 있었다. 집에서 류 아저씨가 가르쳐준 대로 줄을 당기는 연습도 해보았다. 다만 밧줄에 실리는 종의 무게는 알기 어려웠다.

여섯시에 가까워질수록 아저씨는 말수가 줄어들었다. 아저씨는 줄을 잡은 손을 풀어 털었다가 다시 단단히 잡았다. 분침이 12에 다가갈수록 긴장감이 흘렀다. 태오는 자신도 모르게 입술에 침을 발랐다. 그런 태오를 보고 아저씨가 다시 한 번 씨익 웃었다. 오른쪽 입귀를 올리며 웃는 모습이 꽤나 근사하다고 생각되었다. 아저씨가 벽시계를 볼 때마다 태오도 따라 벽시계를 바라보았다. 종탑방은 잡은 밧줄처럼 팽팽한 공기로 가득했다.

새벽 여섯시에 정확하게 종소리를 울리기 위해서는 미리 밧줄을 최대한 잡아당겨야 했다. 밧줄은 종추를 움직이는 것이 아니라 종신을 움직였다. 움직이지 않는 종추에 몸을 부딪쳐 소리를 내는 것이다. 어떻게 부딪히느냐에 따라 소리가 달랐다. 류 아저씨는 새벽을 깨우는 소리는 널리 퍼지면서도 단호하고 맑아야 한다고 했다.

 이미 깨어서 이 종소리가 울리기를 경건하게 기다리는 사람들이 있다고 했다. 류 아저씨는 벽시계가 정확하게 여섯시를 가리킬 때 거의 주저앉다시피 하면서 팽팽하게 잡아당겼던 밧줄의 힘을 뺐다. 그러자 한쪽으로 기울어져 있던 종신이 반대로 움직이며 종추에 몸을 부딪쳤다. 종탑 꼭대기에서 묵직하고 맑은 종소리가 들렸다. 기울었던 종신은 산화하듯 단호하게 종추에 부딪쳤고, 울림은 그 힘만큼 오래갔다. 종탑이 온통 깊은 울림으로 가득 찼다. 첫 종소리가 긴 여운을 끌며 어둠과 적막을 헤쳐 나갔다. 하나아. 태오는 자신도 모르게 속으로 숫자를 셌다. 종추에 부딪쳤던 종신이 제자리로 갈 때쯤 아저씨가 다시 오른쪽으로 몸을 기울여 줄을 당겼다. 묵직한 종신이 다시 오른쪽으로 기울어지며 가운데 서 있는 종추에 부딪쳤다. 데에에엥, 두우울. 다시 잡아당겼던 줄의 힘을 천천히 뺐다가 종신이 다시 제자리로 올 때 줄을 잡아당겼다. 데에에엥, 세에엣. 세 번의 종소리는 하늘과 땅과 사람을 깨우는 소리라는 걸 태오도 잘 알고 있었다.

 세 번의 종소리는 종신의 한쪽을 종추에 부딪쳐 소리를 냈다면 이제부터는 양쪽을 종추에 부딪쳐야 했다. 당연한 얘기겠지만 양쪽에서 부딪치니 조금 전 종을 칠 때보다 종소리는 두 배 빨라졌다. 하나, 둘, 셋, 넷, 다섯…… 정확하게 서른세 번이 울릴 것이다. 줄을 당길 때마다 아저씨의 손등 뼈가 태오의 손바닥에서 선명하게 느껴졌다. 서른세 번. 예수님의 나이이다. 예수님의 삶을, 고통을 나누는 소리이다. 그러니 서른네 번도 서른두 번도 안 된다. 서른세 번은 은총이다.

 종을 치기 시작해서 끝나는 시간까지 얼마 걸리지도 않았고, 다만 아저씨의 손등을 감싸듯 잡고 있었을 뿐인데 서른세 번째가 끝나자 직접 종이라도 친 것처럼 힘이 쭈욱 빠졌다. 잠깐의 시간이 그렇게 긴 줄 몰랐다. 태오가 참았던 긴 숨을 내뱉자 류 아저씨가 빙그레 웃었다.

 "손을 잡고 있으면서 느꼈겠지만 마지막까지 힘을 잘 빼야 해. 종이 제자리로 돌아와 완전히 멈출 때까지 아주 꽉 잡고 있어야 해. 잘못해서 줄을 잡은 손에 힘이 빠지면 반동으로 2미터 높이까지 몸이 따라 올라가기도 해. 무시무시한 일이지. 나도 손에 힘을 잘못 빼다가 몸이 딸려 올라가서 줄을 놓칠 뻔했어."

 "안 다치셨어요?"

 "얼마 전에 조금 다쳤어. 심한 건 아냐. 그래서 태오 네가 당분간 종 치는 일을 맡게 된 거고. 오랫동안 종을 치면서 그런 일이 한 번도 없었는데 그날은 이상하게 순간적으로 손에 힘이 빠졌다고 해야 하나 미끄러졌다고 해야 하나. 나는 꼭 붙들고 있었는데 어찌 된 일인지 순식간에 그런 일이 벌어졌어. 그 와중에도 다시 종이 울릴까 봐 붙들기는 했지만 이 꼴이 됐지. 아주 잠깐이었는데 긴장의 끈을 놓으면 그렇게 되더라고. 명심해, 종을 칠 때는 오로지 종에만 집중해야 해!"

류 아저씨가 왼쪽 허리를 두드렸다. 종 치는 일이 엄중하게 느껴졌다.

"급한 일이 있는 건 아니지? 숨 좀 돌리고 오늘은 첫날이니 찬찬히 종하고 인사해야지. 앞으로 매일 볼 사이인데. 자, 봐봐. 종이 세 개 보이지? 모두 1899년에 프랑스에서 만들어져 국제 화물선을 타고 제물포 항구로 왔어. 대단하지 않아? 1899년이라니. 그 시대에 저렇게 큰 종을 알지도 못하는 나라에서 만들어 배에 싣고 와 여기 이 성당에 걸었다는 게. 나중에 이 철제 사다리를 타고 올라가면 종을 바로 눈앞에서 볼 수 있을 거야. 종신에는 종 이름, 종을 받을 신부님 이름, 기증자 이름이 프랑스어로 새겨져 있어. 또 십자가도 있고, 아기 예수님을 안은 성모님, 십자가에 못 박힌 예수님을 바라보는 신도들의 모습도 양각돼 있어. 종은 모두 레옹 8세 교황, 뮈텔 조선 주교, 마라발 제물포 본당 주임신부님께 헌정됐어. 조금 전 우리가 쳤던 맨 위에 있는 종 이름이 미셸, 그 옆 오른쪽 종이 마리 테레사, 그리고 왼쪽 종 이름이 루이즈 오르탕스야. 누가 기증했는지도 새겨져 있는데 그건 차차 직접 확인하는 걸로 하고. 또 뭐가 궁금할까?"

"세 개의 종이 한꺼번에 울리기도 하나요?"

태오가 종을 따라 내려온 밧줄을 조심스레 만져보며 물었다.

"그럼, 특별한 일이 있을 때는 세 개의 종을 다 치지. 성탄대축일, 부활대축일, 성체성혈대축일. 우리 성당의 주보성인 축일에도 치고. 오늘 울린 종소리가 음계로 따지면 도 소리를 낸 거야. 이 줄은 미 소리를, 이 줄은 솔 소리를 내지. 세 종소리가 같이 울려 퍼질 때면 오케스트라 연주를 듣는 것 같아. 종소리만 들어도 저절로 가슴이 벅차올라. 종소리가 가진 힘이 대단한 거지. 자, 한꺼번에 너무 많은 걸 얘기해주면 기억하기 어려우니 오늘은 여기까지 하자."

이마에 맺힌 땀방울을 닦으며 아저씨가 말했다. 앞서서 터벅터벅 계단을 내려가는 류 아저씨를 따라가다가 다시 고개를 돌려 종을 바라보았다. 어느새 양팔을 벌린 길이쯤 될 것 같은 세 개의 종이 소임을 다한 듯 침묵하고 있었다. 태오의 발소리가 들리지 않아서인지 아저씨가 뒤를 돌아보았다.

"안 갈 거야? 집에 가서 밥 먹어야지?"

류 아저씨가 그렇게 말할 때에야 서둘러 계단을 내려갔다. 큰길가에 나오자 류 아저씨는 고생했어, 하며 어깨를 두드려주고는 이따 저녁에 보자, 하고 서둘러 골목으로 걸어갔다.

성당에 올 때보다 어둠이 옅어졌다. 태오는 터덜터덜 집으로 걸어가며 류 아저씨의 몸과 종신이 한 몸이 되어 종추에 부딪쳐 울리던 종소리를 생각했다. 누군가는 태오가 종소리를 듣기 훨씬 전부터 종을 쳤을 텐데, 한 번도 종을 치는 사람에 대해서 생각해보지 않았다. 태오는 문득 자신이 모르는 많은 곳에서 일하고 있을 수많은 사람들의 노고를 생각했다. 아저씨 손안에 묵직하게 들어차던 밧줄도 떠올렸다. 바늘도 들어가지 않을 것 같은 류 아저씨의 단단한 팔뚝과 마디마디 굵게 옹이 진 손에 대해서도 생각했다. 골목 어디에선가 두부 사려, 외치며 울리는 얇은 종소리가 들렸다. 태오는 그제야 정신이 든 듯 안으로 밀고 들어오는 바람을 막으며 외투를 단단히 여몄다.

"종 쳤니?"

대문 열리는 소리를 들었는지 어머니가 앞치마에 손을 닦으며 서둘러 부엌에서 나왔다.

태오가 계면쩍게 웃으며 고개를 젓자, 어머니 얼굴에 금방 실망하는 빛이 어렸다.

"종 치는 일이 얼마나 어려운데 바로 칠 수 있겠어요."

"그렇겠지. 종 치는 게 그리 어렵니?"

어머니는 풀이 죽어 물었다.

"네에."

태오는 불이 켜진 건넛방 쪽을 한번 바라보고는 안방으로 들어갔다. 새벽에 밥을 하기 위해 불을 지피는 방은 안방이 유일했다. 아랫목으로 가서 이불을 들추고 양손을 허벅지 밑에 깔고 앉았다. 얼었던 손에 전류가 흐르듯 온기가 돌았다. 어머니가 부엌으로 난 쪽문으로 따뜻한 숭늉을 들이밀었다. 숭늉을 마시고 엉덩이가 따뜻해지자 금세 노곤해지며 눈꺼풀이 내려앉았다. 종을 치는 걸 보고 온 일이 아득하게 느껴졌다. 그때만 해도 태오는 종을 치는 일이 자신을 얼마나 바꿔 놓을지 미처 알지 못했다.

2

 미은은 노트에 '전 세계의 재산을 다 모은 것보다도 노동자 한 사람의 생명이 소중하다'라고 썼다. 오늘 성당에서 공부하며 들은 말이었다. 카르댕 추기경의 선언이라고 했다. 미은은 공부할 때 하나라도 놓치지 않으려고 강사의 말을 열심히 받아 적었다. 공부가 너무 좋았다. 학교 다닐 때도 그랬지만 공부를 할 수 있다는 것만으로도 인천으로 오길 잘했다는 생각이 들었다.
 전 세계의 재산을 다 모은 것보다도 노동자 한 사람의 생명이 소중하다, 라는 말이 가슴을 울렸다. 누군가 미은의 편에 서서 미은을 다독이고 일으켜 세우는 것 같았다. 미은은 그 말을 듣는 순간 알 수 없는 감정에 당황했다. 그 말은 낯설면서도 따듯했는데, 이른 새벽 아무도 밟지 않은 푸르스름한 눈을 밟고 가다가 문득 뒤를 돌아보았을 때 선명하게 찍혀 있던 발자국처럼 마음에 새겨졌다. 어떤 태도로 삶을 살면 저런 말을 할 수 있을까.

미은은 눈길, 발자국이라고 덧붙여 쓰고 그 옆에 연필로 슥슥 땅콩 껍질 모양의 발자국을 그리고 오른쪽 선 안쪽에 빗금을 그어 그림자를 주었다. 노동자인 미은에게 이제껏 아무도 그런 말을 해준 사람은 없었다. 카르댕 추기경은 노동자는 단순히 임금을 받는 손이 아니라 하느님의 형상을 지닌 형제다, 라고 했다. 한 번도 본 적이 없는 푸른 눈의 추기경을 생각했다. 아버지가 석탄 광부라고 했다. 미은은 하느님의 형상을 지닌 존재, 라고 크게 쓰고 그 옆에 나도 하느님의 형상을 지닌 존재, 라고 썼다.

노동자와 근로자. 노동자와 근로자의 차이를 모를 때, 노동자는 거친 느낌이었고, 근로자는 순한 인상이었다. 근로자라는 말이 더 부드러워 좋았다. 강사가 근로라는 말은 시키는 대로 부지런히 일한다는 의미를 가지고 있다고 했다. 그러면서 일제강점기에 일본이 우리 민족을 강제노역에 동원하면서 사용한 이름이 근로봉사대와 근로정신대라고 했다.

강사는 노동자와 근로자의 차이를 분명하게 아는 것에서부터 힘이 생기는 거라고 말했다. 근로자는 사용자가 더 열심히 일을 시키려고 부르는 명칭, 노동자는 주체성을 가지고 사용자와 동등한 입장에서 일한 만큼 돈을 받고, 돈에 맞게 노동을 제공하는 사람이라고 했다. 강사는, 우리는 언제 어디서든 근로자가 아니라 노동자라고 말할 수 있을 때까지 우리의 권리를 스스로 찾아나가야 한다고 했다. 근로자라는 불평등한 말을 지상에서 사라지게 해야 한다고 힘을 주었다. 노동자라는 말이 힘이 세다는 생각이 들었다.

미은은 근로자였다. 숨먼지 떠도는 공장 안에서 일 분에 140보 걷기를 누구보다 빨리 해내려고 애썼다. 그렇게 빨리 걸을 수 있는 자신이 대견했다. 반장이 잘한다고 추켜세울 때 사람들 앞에서 칭찬을 받아본 적이 없던 미은은 우쭐했다. 반장은 미은을 보라며 다른 여공들을 다그쳤다. 다들 140보를 해낼 수 있는데 하지 않는다고 했다. 미은은 그들에게 미안했지만 공장에 다니며 돈을 벌 수 있다는 것만으로도 너무 고마워 공장을 위해 잘하고 싶었다.

어렵게 공장에 취직했다. 공장에는 천 명이 넘는 여공들이 있었고, 동네에서는 흰 작업복에 모자를 쓴 그녀들을 동일대학생이라고 불렀다. 이렇게 크고 번듯한 공장에 다니는 것이 자랑스러웠다. 엄청나게 큰 공장 부지에 잘 가꾸어진 정원, 반듯한 건물은 미은이 살았던 시골에서는 생각할 수도 없는 것이었다.
　처음부터 정방에서 틀보기를 한 건 아니었다. 이 방직공장에서는 수입해온 솜에서 실을 뽑고, 다시 그 실을 고르게 만들고, 그다음엔 실에 따라 여러 종류의 광목천을 짰다. 처음엔 솜에서 뽑은 실을 감은 관사(管絲)를 구르마에 가득 싣고 정방에 옮겨다 주는 일을 했다. 공장은 기계 돌아가는 소리로 요란했고, 모두 여러 대의 기계를 맡아 보면서 정신없이 움직였다. 실이 끊어지면 재빠르게 이어줘야 해서 잠시도 한눈을 팔 수가 없었다. 끊어진 실을 놓치면 그 실만 문제가 아니라 다른 목각에 감기던 실까지 엉키는 수가 있어 일이 커졌다. 퇴근 시간이 되면 귀가 멍멍했고, 다리가 부었다.
　첫 출근하는 날, 작업복을 받아 들면서 어떻게든 열심히 일해 돈을 모으리라 생각했다. 누구보다 성실하게 일을 잘해서 칭찬을 받을 자신이 있었다. 꾀 안 부리고 열심히 일하는 것, 손발이 재바른 건 미은의 장점이었다. 공장 가득 솜먼지가 떠다녀 잠결에도 기침을 했다. 후덥지근한 공장 안에서 생리통이 심해 주저앉을 거 같아도, 축축한 운동화 속 발가락이 무좀에 진물이 나고 미치게 가려워도, 한밤중에 나와 다음 날 아침까지 일을 해도 좋았다. 힘들었지만 좋았다. 언제 한 달이 돼 월급을 받나 싶다가도 또 어느새 한 달이 되기도 했다. 일한 대가가 한 달마다 월급으로 주어졌다.

옷을 갈아입으면서 꼭 한두 사람은 투덜거렸다. 이런 먼지 구덩이에서 이렇게 일하다가는 언젠가 폐병 걸려 죽을 거라고. 미은은 앞치마 주머니 안에 있던 스펀지로 모자부터 옷 여기저기를 털 때 입을 꼭 다물었지만 날리는 솜먼지조차도 자신이 열심히 일한 결과를 보는 듯해 좋았다. 그러니까, 미은은 근로자였다.

실이 끊어질까 봐 잠시라도 한눈을 팔 수 없었다. 그렇게 선망하던 공장의 화단에서 어떤 꽃이 피고 지는지 제대로 볼 사이도 없이 계절이 바뀌었다. 공장 밖에서 바라볼 때는 한없이 평화롭고 부러운 정경이지만 공장 안은 그야말로 쉴 사이 없이 동동걸음을 쳐야 했다. 솜먼지와 기계 소음 속에 묻혀 시간이 어떻게 흘러가는지도 몰랐다. 기계가 돌아가면서 실이 착착착 엇갈려 천이 되는 과정이 신기했지만 하루 종일 여러 대의 기계를 보며 끊어진 실을 엮어야 할 때는 착착착 하는 기계 소리가 목을 조르는 것처럼 느껴지기도 했다. 막막할 새도 없이 일을 해야 했지만 일이 끝나고 나면 도대체 종일 뭘 했는지도 모를 지경이었다.

어느 날, 새벽에 잠깐 졸았는지도 모르게 졸았다. 생리통이 너무 심해 낮에 제대로 자지 못했다. 생리가 뭉텅 쏟아질 때마다 아찔했는데 그 와중에 졸았다. 주변이 소란해서야 정신을 차렸고, 분명히 눈 뜨고 잘 지켜보던 실이 왜 엉켜 있는지 알 수 없었다. 그전까지 미은에게 잘해주던 반장이 그 새벽에 길길이 화를 냈고, 공장 소음을 참을 수 없어 귀마개를 했던 미은은 붕붕 떠다니는 반장의 말이 무언극처럼 느껴졌다. 누구보다 잘 챙겨주던 반장이었는데 일 한 번 실수했다고 언제 그랬냐는 듯 안면을 몰수하고 화를 냈다. 엉킨 실을 자르고 천을 수습하느라 진땀을 빼야 했다. 그 와중에도 생리는 뭉텅 쏟아져 팬티까지 적시는 것 같았다. 선자나 명숙이 이야기하던, 우리가 뭐 사람 취급받는 줄 아냐고, 네가 일을 잘해주니까 반장이 잘 대해주는 거라는 말을 이렇게 확인하게 될 줄 몰랐다.

안에서 화가 차곡차곡 차오르는 것 같았다. 그때 선자가 성당에서 공부해보지 않겠냐고 말해주지 않았더라면, 이렇게 성당에 와서 공부를 하지 않았더라면 미은은 일 분에 140보를 걷던 속력으로 주저앉아버렸을지도 몰랐다. 전 세계의 재산을 다 모은 것보다도 노동자 한 사람의 생명이 소중하다, 라는 말을 해주는 사람이 있다는 것, 노동자는 단순히 임금을 받는 손이 아니라 하느님의 형상을 지닌 형제다, 라고 말해주는 이가 있다는 것만으로도 숨통이 트였고, 눈물이 났고, 일할 기운이 생겼다. 스스로가 숨 쉬는 사람인 것 같았다. 안에서 무언가 꿈틀거렸고, 그저 하찮은 인간이 아니라는 자부심이 생겼다. 노동자라는 말에 기댄 미은은 예전의 미은이 아니었다. 그 말처럼 자신도 힘이 세지는 것 같았다.

 출근하느라 몸만 빠져나간 채 바닥에서 뒹구는 명숙의 옷을 개어 선반에 올렸다. 명숙은 이른 새벽이든 밤이든, 출근할 때 꼭 화장을 하고, 옷도 차려입었다. 낮 시간이 아닌 때는 출근할 때 보는 사람도 없으니 다들 대충 입고 출근하는 것과 달랐다. 얼굴 치장은 하면서도 늘 바쁘다고 자신이 벗어놓은 옷이나 빨랫감은 제대로 정리하지 않았다. 한여름에 쉰 냄새 나는 속옷이 방에서 뒹굴기도 했다. 방 청소를 하다 보면 구석진 틈에서 신던 양말이 빠져나왔다. 명숙은 속없이 쾌활하고 밝았는데 늘 뒷정리가 안 되는 게 문제였다.
 미은은 엄마에게 감사했다. 엄마는 아무리 힘들고 시간이 없어도 자신의 뒷정리는 꼭 하게 했다. 그런 일에 남의 손을 빌리는 건 다른 사람에게 밑을 닦아달라고 엉덩이를 내미는 꼴이라고 했다. 어려서는 그게 귀찮기도 했는데 다른 사람에게 엉덩이를 내미는 꼴이라는 엄마 말을 생각하면 그럴 수 없었다. 그러니 미은은 명숙이 내민 엉덩이를 닦아주는 거나 마찬가지였다. 다만 명숙이 자신이 엉덩이를 내밀고 있다는 걸 모를 뿐. 미운데 미워할 수만은 없는 구석이 명숙에게 있었다. 명숙이 덕분에 보따리를 들고 이 방으로 들어올 수 있었다. 셋이 잘 때는 선자와 명숙이 사이를 비집고 누웠다.

마당에 나가 씻으려다가 멈칫했다. 마당에서 누군가 씻는 소리가 났다. 물 쓰는 소리로 대충 누군지 알 수 있었다. 양은 세숫대야가 시멘트 바닥에 부딪치는 소리라든가, 씻는 속도라든가, 물을 쏟아버리는 힘이라든가, 구체적으로 설명할 수는 없지만 그랬다. 주인집 아들이었다. 미은은 그를 제대로 본 적이 없었다. 그도 미은이 다니는 성당에 다닌다고 했다. 자유공원을 올라가다 보면 보이는 학교에 다닌다고도 했다. 모두 명숙에게서 들은 얘기였다. 제대로 얼굴을 본 적이 없어 모르는 탓도 있겠지만 성당에서 본 적은 한 번도 없었다. 미은은 언젠가 주인집 아들을 불편해하는 이유에 대해 생각해봤다. 비슷한 또래의 남자애라서 그럴까, 아니면 엄마가 해주는 따뜻한 밥을 먹고 학교에 가서 공부만 하면 되는 처지가 부러워서 그런 걸까, 하고.

 명숙은 소문을 물어오는 제비였다. 미은이 마당에서 주인집 사람들과 부딪치지 않으려 애썼다면 명숙은 아니었다. 주인집 사람들과 편하게 지내는 것은 물론이고 언제 동네 사람들과도 안면을 튼 건지 길에서도 인사하며 지나가기 바빴다. 선자는 명숙이 마당에 누군가 있을 때를 골라 일부러 씻으러 나가는 거 아니냐고도 했다. 미은은 아무하고나 무람없이 어울리는 명숙이 부러웠다.

 물을 버리는 소리가 들리고 나서 마당이 잠잠해지자 미은은 데운 물을 가지고 수돗가로 나갔다. 오늘은 날이 많이 풀렸지만 그래도 찬물로 빨래를 하기엔 엄두가 나지 않았다. 막 빨래를 하려는데 무슨 소리가 들렸다. 한쪽에서 팔굽혀펴기를 하느라 미은이 나오는 소리를 못 들었던 것인지 주인집 아들이 갑자기 벌떡 일어나더니 방으로 들어갔다. 미은도 그를 못 본 건 마찬가지였다. 잠깐 당황했지만 짧게 깎은 머리통이 둥글어 보인다는 생각이 들었다. 미은이 살던 동네에서는 저런 이쁜 머리통을 보면 스님 머리통이라고 했다. 스님들은 하나같이 머리통이 예뻤다. 미은은 이제 막 중학생이 돼 머리를 짧게 깎았던 동생 생각이 났다.

 미은은 손이 시리기도 했지만 서둘러 빨래를 하고 들어와 방을 가로질러 매달린 빨랫줄에 속옷을 넣었다. 명숙이 널린 속옷을 보면 또 한 소리 할 게 분명했다. 예쁜 속옷 좀 입으라고. 공장에서 솜을 틀고 실을 뽑고, 옷감을 만들다 보면 질이 좋은 옷감에 욕심이 나는 건 어쩔 수가 없었다. 하지만 개의치 않았다.

 참기름 냄새가 고소하게 퍼졌다. 모두 밥상 앞으로 모였다. 선자가 밥 위에 달걀프라이 한 개씩을 올렸다. 달걀은 노른자를 완전히 익히지 않은 반숙으로 터트려 비벼 먹기가 아까웠다. 미은은 달걀 반 알씩 먹자고 했지만 명숙이 한 알씩 먹자고 했다. 잘 먹고 죽은 귀신은 때깔도 좋다고 했다. 달걀 한 알을 가지고 별소릴 다 한다고 타박했지만 그래도 그 한 알을 다 먹기에는 결단이 필요했다. 그래, 때깔 좋게 죽어보지 뭐. 선자가 프라이팬에 달걀을 더 깨 넣는 걸 보고 명숙이 히히거렸다. 그럴 때 명숙은 천진한 아이 같았다.

간장에 참기름, 달걀프라이를 넣어 비빈 밥에 김장김치를 얹어 먹는 밥은 씹을 새도 없이 목을 타고 넘어갔다. 아껴 먹고 싶었지만 그게 마음대로 되지 않았다. 미은은 되도록 김치와 밥이 섞이지 않게 따로 먹었다. 달걀의 담백한 맛과 고소한 참기름 향을 더 느끼고 싶어서였다. 주인집 김장김치는 젓갈이 들어가지 않아 심심하면서도 시원했다.

명숙이 집에 다녀오는 길에 보따리에 챙겨온 참기름 두 병 중 한 병을 주인집에 주었다. 하이고, 이 귀한 참기름을. 주인 아줌마는 시골에서 가져온 것은 무엇이든 좋아했다. 빈손으로 돌려보내지도 않았다. 마당에 묻어둔 항아리에서 김치를 세 포기 주었고, 달걀도 한 줄 주었다. 그 덕분에 호사스러운 일요일 아침상이 차려졌다. 다들 밥숟갈이 어디로 들어가는지 모르게 먹고 있었다. 밥을 먹는 소리, 그릇과 수저가 부딪치는 소리로 부산했다. 기름에 부친 달걀 한 알이 일요일 아침을 행복하게 했다. 매일 이렇게 달걀을 먹고 살 수만 있다면 바랄 게 없을 것 같았다.

트림을 하는데 달걀 비린내가 났다. 그조차도 좋았다. 명숙이 빈 그릇을 숟가락으로 긁으며 입맛을 다셨다. 그러다 선전포고라도 하듯 말했다.

"내, 올해 미스동일 선발대회에 나갈 끼다."

소란하던 밥상이 명숙의 한마디에 일순 조용해졌다.

"쟈가 뭐라카노?"

선자가 되물었다. 선자는 경기도 사람인데 명숙이나 미은의 사투리가 섞여 어느 때는 선자 사투리가 제일 그럴싸했다. 명숙이나 미은은 의도적으로 사투리를 고치려 했기 때문에 세 사람의 말투는 근본 없이 제멋대로였다.

"지금 우리 공장 미스동일 선발대회에 나갈 거라는 거지?"

물어놓고 모두 할 말을 잃었다. 다른 때 같으면 사투리도 아니고 표준말도 아닌 명숙의 이상한 말투에 웃었을 텐데 뜻밖의 말이 준 충격이 커 미처 웃지도 못했다.

"언니, 진짜야?"

미은이 물었다.

"응. 암만 봐도 나보다 이쁜 애는 없는 거 같다."

"아이고, 우리 명숙이가 어째 그런 참한 생각을 다 했나? 가시나 무섭네. 니 사람들 다 모여 있는 데서 요래요래 걸어나가 얼굴이랑 몸매 자랑을 하고 싶나?"

선자가 엉덩이를 씰룩거리며 걸으면서 비꼬듯 한마디 했다.

"그럼, 자랑하고 싶어 나가는 건데. 누가 알아, 그러다 미스코리아도 나가게 될지."

명숙이도 지지 않고 대꾸했다.

"우리 명숙이, 용기가 가상타. 그래라. 니 좋다는데 누가 말리겠나. 우리가 도와주께, 함 해봐라."

선자가 포기하듯 웃으며 말했다.

명숙이 이쁘지 않은 것은 아니었다. 몸매는 말할 것도 없고, 똑같이 먹고 똑같이 일하는데 얼굴도 그렇고 머릿결도 그렇고 잘사는 집 아가씨들처럼 윤이 났다. 생전 변소도 안 갈 거 같은 이쁜 얼굴을 하고선 잘 때 코는 얼마나 크게 고는지, 별명이 반전 아가씨였다. 반전은 코 고는 것뿐만 아니었다. 밖에서는 온갖 깔끔은 다 떨면서 자기가 입은 속옷을 제때 빨거나 치우지 않았다. 선자가 등짝을 때리거나 면박을 줘도 기분 나빠하지 않았다. 집에 오면 조금이라도 움직이는 걸 싫어했다. 벽에 기대고 앉아 있다가 방 좀 정리하라고 한 소리 들으면 엄지와 검지 발가락을 벌려 양말이나 팬티를 잡아 제 옷 있는 데로 휙 던져버리는 발가락 신공을 펼쳤다.

3

 태오는 이제 새벽종과 저녁 종을 담당했다. 어머니는 새벽에 늘 한 시간 전쯤 태오를 깨워 종을 치러 갈 수 있도록 했다. 태오가 대문을 나설 때 어머니는 두 손을 모았다. 처음 이틀은 류 아저씨가 밧줄을 잡은 태오의 손을 잡고 같이 힘을 주었다. 힘을 얼마만큼 줘야 하는지, 종의 기울기를 어떻게 만들어내야 하는지 감각을 익히게 했다. 그렇게 반동을 익히고 힘의 안배를 찾아나갔다.
 처음 혼자 밧줄을 잡고 여섯시 정각에 종을 칠 때의 떨림을 잊을 수가 없었다.
 종신이 움직이고 소리가 울려 멀리 퍼져나갈 때, 그 소리가 간절한 기도의 응답 같아 태오는 울컥 눈물이 났다. 종소리는 억겁의 시간을 지나 수억 광년 떨어진 곳에서도 빛을 내는 별과 같았고, 어둠을 몰아내고 밝은 새벽을 불러오는 것도 같았다. 종소리가 끝나면 고요하던 동네가 부산스럽게 움직이는 걸 느낄 수 있었다. 동이 트는 걸 알리듯 날이 환해지면 언제나 새들이 제일 먼저 요란하게 울어대는 것과 같은 느낌이었다. 쾌활한 공기로 순식간에 바뀌는 것 같았다. 어머니는 태오 혼자 종을 쳤다는 얘길 듣고 손을 모아 감격의 기도를 드리며 눈물을 흘렸다.

어머니는 태오가 사제의 길을 걷길 바랐다. 어머니의 기도가 아니더라도 어려서부터 복사를 해오면서 태오는 사제가 되는 길에 대해 생각했다. 예수님이 매달린 십자가 형상 아래에서 사제의 길은 엄숙하고 경건했고, 의로워 보였다. 태오는 종종 그 자리에 자신을 세워보았다. 자신이 감당할 수 있을지, 그 길이 외롭더라도 행복할지 생각했다.

종탑으로 올라가는 문에 열쇠를 꽂았다. 어제 류 아저씨는 남쪽으로 내려갔다. 열쇠를 건네주는 것으로 마지막 인사를 대신했다. 이제 온전히 태오가 종 치는 일을 감당해야 했다. 나비장 열쇠와도 비슷하게 생긴 열쇠는 두 개의 홈에 정확하게 들어맞았다. 아직은 세상이 잠들어 있을 시간이었다. 문을 열고 갇혀 있던 적막을 온몸으로 느끼며 계단으로 올라갔다.

거기, 굵은 밧줄이 미동도 없이 잠들어 있었다. 태오는 홀로 깨어 이 세상의 어둠을 물리칠 빛을 맞이하는 기분으로 줄을 잡았다. 위를 올려다보았다. 육중한 종이 거기 매달려 잠들어 있었다. 종은 도르레를 타고 내려온 밧줄과 연결되어 있었다. 도르레를 보면서도 태오는 줄이 저 먼먼 하늘 끝에서 내려온 듯했다. 종을 울리기 전 태오는 경건하게 마음을 모았다. 세상을 깨울 종을 쳐야 했다.

탑에서 내려가기 전 종을 올려다보았다. 류 아저씨가 들려준 얘기로는 오례당(吳禮堂)이라는 청나라 사람이 종을 기증했는데 그는 개항기 해관에서 일했던 사람으로 어마어마한 유산을 물려받으면서 당시 제물포에서 제일 부자가 됐다고 한다. 그의 오백 평 규모의 으리으리한 집은 자유공원 올라가는 길에 있는데 그의 이름을 따 오례당 주택이라고 부른다고 했다. 탑에서 내려와 다시 문을 잠글 때에야 바람에 섞인 비린 냄새가 맡아졌다.

종을 치고 내려와 성당에서 기도를 드리고 나오면 그 잠깐 사이 얼마간 어둠이 걷히고, 종탑의 여섯 개의 작은 돌기둥이 종 머리 돔을 떠받들고 있는 모습이며 종탑 아래 나무로 된 낡은 출입문, 벽면을 넓게 둘러싸고 있는 붉은 벽돌과 흰 화강암 계단이 눈에 들어왔다. 그리고 막 빛을 받기 시작하는 아치형으로 된 성당 유리 창문의 스테인드글라스가 오색으로 투명하게 빛나기 시작했다. 태오는 종을 치는 일 말고도 새벽을 온전히 느낄 수 있는 이 시간이 좋았다. 집을 나서면서부터 어둠이 점점 걷히는 시간의 흐름을 느끼는 것이 좋았다.

"그 시집, 어때?"
그가 물었다. 태오는 대답 대신 그의 이름표에 눈길을 주었다. 김경준. 이전부터 그 이름을 기억하고 있었다. 얼굴도 알고 있었다. 그는 이 도서관을 가장 많이 이용하는 학생 중 한 명이었다.
"그냥, 뭐. 좋아."
태오는 펼쳐놓았던 책을 들어 보이며 얼버무리듯 말했다. 북방의 시인이 쓴 시들은 한겨울 부엌 아궁이 속 나무가 타들어갈 때 나는 소리 같았다. 시는 적당히 따뜻하고, 부드럽고, 고요한 저녁의 온기 같기도 하고, 숭늉 같기도 하고, 첫눈 같기도 했다. 하지만 그런 얘길 처음 말을 튼 자리에서 하기에는 왠지 꺼려졌다. 그런 말은 좀 더 서로를 알게 되었을 때 해야 상대방이 그 의미를 이해할 거 같았다.
"너, 파란 대문 집에 사는 애 맞지? 새벽에 어디 다녀오는 애."
"응?"
뜻밖의 물음에 당황했다. 성당을 오가는 동안 누굴 마주친 기억이 없었다. 새벽길이 자유롭다고 생각했는데 누군가 자신을 지켜보고 있었다고 생각하니 기분이 이상했다.

"어떻게 그걸 알아?"

"맞구나. 그 시간에 우리 또래가 돌아다니는 게 흔한 건 아니니까. 너네 집 신문, 내가 넣는 거야. 몇 번 네가 새벽에 집에서 나오는 걸 봤어."

"신문을 넣는다고? 네가? 왜?"

새벽에 신문을 돌릴 정도로 경준이 어렵게 사는 것 같지 않았다.

"왜냐니, 그런 말이 어딨어. 너는 매일 어디 다녀오는 거야?"

"으응, 그냥."

태오는 성당에 종을 치러 간다는 얘길 하고 싶지 않았다. 종을 치는 일은 설명이 필요했고, 자신도 아직 그 일에 대해 명쾌하게 정리하지 못했다. 또 도서관이라는 특성상 말을 길게 나누기도 어색했다.

"그렇구나, 또 보자."

경준은 한쪽으로 흘러내린 가방을 고쳐 메고, 잠깐 손을 들어 보이더니 도서관을 나갔다.

태오는 경준이 자신에게 다가오기 전 가방에 넣던 책을 기억했다. 『전환시대의 논리』였다. 전환도 논리도 다 쉬운 말은 아니었다. 제목이 묵직했다. 그는 왜 저런 책을 보는지, 책에는 구체적으로 어떤 내용이 담겨 있는지 궁금했다. 경준이 나간 빈 복도를 돌아보았다. 경준이 또 보자고 했던 말을 떠올렸다.

태오는 어머니가 깨우지 않아도 일어났다. 새벽공기를 가르며 성당으로 가는 동안 잠깐 경준이 떠올라 주위를 돌아보았다. 어디서도, 신문을 던지는 소리가 들리지 않았다. 해가 점점 길어지고는 있지만 이 시간은 여전히 어두웠다. 그러나 어둠의 깊이는 달랐다. 옅은 먹처럼 어둠이 짙지 않았다. 류 아저씨는 어둠이 깊을수록 종소리가 더 멀리까지 간다고 말했다. 근거가 있는 말은 아니고, 종을 치다 보면 그런 느낌이 든다고 했다. 너도 종을 치다 보면 저절로 알게 될 거라고 덧붙였다. 이제 종을 치는 일이 하루의 시작이 되었다. 종을 치고 나오면 마음이 하얗게 되어 무엇이든 할 수 있을 것 같았다. 내려오는 길에 신부님을 만났다. 신부님은 털털해서 동네 아저씨같이 친근했고 볼 때마다 편안했다.

"스테파노, 종소리가 아주 묵직한데 맑아. 아침을 감사기도로 열 수 있게 해줘서 고마워."

그러더니 신부님이 손에 주먹만 한 사과 하나를 쥐여주었다. 한 손안에 차고 넘치는 큰 사과였다. 일부러 들고 나온 듯했다.

"새벽종소리가 너무 좋아서 오늘은 그냥 있을 수가 없었어."

태오가 받아야 할지 난처해하자 가볍게 등을 두드려주었다.

종을 치고 돌아오는 길에 집 앞에서 뒤를 돌아보았다. 사실 오는 내내 소리에 귀를 기울였다. 뛰는 듯 서둘러 걷는 발소리를 찾고 있는지 몰랐다. 집 앞에서 기다렸지만 경준을 만날 수는 없었다. 대문을 열려는데 왠지 힘이 빠졌다. 발소리가 들렸다. 기다리던 발소리는 아니었지만 뒤를 돌아보았다. 옆방, 그러니까 몇 달 전에 대문 앞에서 보따리를 들고 주소를 보여주었던 여자였다.

"아, 안녕하세요."

얼굴은 그늘져 보이는데 목소리가 맑았다.

"우린 대문 앞에서만 마주치네요."

태오가 인사를 받았다. 미은의 눈썹 위에 무언가 허연 게 붙어 있었다. 눈썹을 가리키자 여자가 장갑 낀 손바닥으로 몇 번 탁탁 쳐내듯 털었다.

"공장에서 나올 때 스펀지로 여러 번 털었는데도 솜먼지가 달라붙어 있었나 봐요. 앞치마 주머니에 항상 스펀지가 들어 있어요. 공장 안에 솜먼지가 무지무지 떠다니거든요."

여자가 멋쩍게 웃었다.

무지무지. 그런 말을 할 때 목소리가 조금 올라가긴 했지만 지친 목소리였다. 지금 퇴근하는 거냐고 묻지 못했다. 조금 전 공장에서 나왔다고 했으니까. 아침 일곱시가 안 된 시간, 그렇다면 그녀는 밤새 일을 한 것일까. 어머니에게 건넛방 사람들이 그 좁은 데서 어떻게 다 자냐고 했더니 삼교대로 근무를 해서 잠을 자는 시간이 다르다고 했던 걸 들은 기억이 났다. 그렇다고 밤새 일을 하고 나오다니. 태오는 잊고 있었다는 듯이 저기요, 하고 들어가려는 여자를 불렀다.

"이거 신부님이 주신 거예요. 드세요."

들고 있던 사과를 건네주었다. 여자의 얼굴에 반짝 생기가 돌았다.

"아! 신부님."

태오는 신부님 앞에서 자신이 그랬던 것처럼 받아야 할지 망설이는 여자의 손에 사과를 건네주었다. 여자가 얼른 장갑을 벗고 큰 사과를 두 손으로 받았다.

"이렇게 큰 사과 처음 봐요. 아까워서 어떻게 먹어요."

"그냥 이렇게."

태오가 크게 한입 베어 무는 시늉을 했다. 여자가 웃었다. 졸음이 가득 든 얼굴에 조금 화색이 돌았다.

"저는 김태오라고 해요. 같은 집에 살면서도 인사도 못 나눴네요."

"저는 이미은, 사과 이렇게, 잘 먹을게요. 고마워요."

여자가 태오가 했던 것처럼 입을 크게 벌려 사과를 먹는 시늉을 하며 인사를 했다. 잠깐의 인사였는데 왠지 기분이 좋았다.

먼저 마당으로 들어섰다. 마당 한가운데 신문이 접힌 채 떨어져 있었다. 신문을 주워 드는데 여자가 건넛방 부엌문을 열고 들어가는 소리가 등 뒤로 들렸다.

"그 책 어떤 책이야? 전환시대의 논리, 뭐 그런 책이었던 거 같던데."

이번엔 태오가 서가에 책을 꽂고 다른 책을 들고 온 경준에게 먼저 말을 붙였다.

"책이, 아주 망치야. 크고 무시무시한 쇠로 된 망치."

경준은 그렇게 말하며 주먹으로 제 머리를 내려치는 흉내를 냈다.

"망치?"

"너도 읽어볼래? 나중에 같이 책 얘기해도 좋고. 집에 가는 길이면 같이 나갈래?"

태오가 망치 책을 가방에 넣었다. 막상 교문을 나서고 보니 경준의 집은 반대 방향이었다. 시간을 보니 저녁 종을 치러 갈 시간이었다.

"잠깐 들를 데가 있는데 거기 갔다가 같이 가자."
"멀리 가는 건 아니지?"
"물론."
경준이 더 이상 묻지 않고 가방을 챙겨 들었다.
경준과 동인천역 방향으로 내려오다가 신포시장 쪽으로 방향을 틀었다.
"뭐야? 성당에 가는 건 아니겠지?"
시장에서 길을 건너려 하자 맞은편 성당을 보며 경준이 물었다.
"맞아, 잠깐이면 돼."
"정말 성당을 가는 거라고? 이건 좀 뜻밖인데? 나를 상대로 선교 활동을 하시려는 건 아닐 테고?"
"물론이야. 여기서 잠깐만 기다려줄래?"
성당 뜰에 서서 동네를 바라보는 경준을 기다리게 하고 계단실을 올랐다. 잠깐, 왜 경준과 여기까지 같이 왔을까 생각했다. 종 치는 시간이 다가온 것, 그게 전부는 아닌 것 같았다. 여전히 종을 치는 건 경건했고, 감사했다. 내려오니 경준이 성당을 바라보고 있었다.
"조금 전 종이 울리는 거 들었어? 종교에 대해 잘 모르지만 밀레의 「이삭 줍는 사람들」처럼 고개가 숙여지던걸? 종소리에 울림이 있다는 생각을 처음 했어. 어쩌면 종교가 가진 힘이겠지? 뜻밖에 좋은 경험했어."

경준이 태오가 종을 치고 나온 줄 짐작도 하지 못하고 말했다.

경준을 앞세워 경준이 사는 집 쪽으로 방향을 잡았다. 경준이 태오네 집을 알고 있으니, 태오도 경준네 집을 알아야 공평하다고 억지를 썼다. 경준이 사는 동네, 집이 궁금했다. 경준이 신흥동 쪽으로 갈 줄 알았는데 반대 방향으로 걸었다. 산 둘레를 돌듯이 천천히 걸어가는 동안 거리의 가로등 빛은 희미했고, 길은 점점 어두워졌다. 적당한 어둠은 이야기에 집중할 수 있게 했다. 경준과 이야기하는 동안 친구로 가까이 지내면 좋겠다는 생각을 했다. 경준은 가볍지 않았고, 간결했다. 무엇보다 허세나 걸렁거림이 없었다.

경준은 그동안 태오가 한 번도 생각해보지 않았던 세계에 대해 이야기를 했다. 그러니까 몰라도 살 수 있는데 알게 되면서 져야 하는 책무 같은 것들이 그의 말속에 있었다. 경준이 전하는 얘기는 다른 세계처럼 여겨졌지만 태오가 살고 있는 이웃의 얘기이기도 했다. 조금 부담스럽기도 했다. 그건 태오가 눈여겨보지 않았던, 막연하게 다들 태오처럼 산다고 생각했으나 훨씬 어렵게 사는 사람이 많다는 현실을 이제야 알게 된 미안함이기도 했다. 경준의 얘기를 듣는 게 좋았다. 학교에서는 배우지 않았던 것이고, 그래서 사실 더 중요한 얘기기도 했다. 경준이야말로 사제의 길에 어울리는 사람 같다는 생각을 했다.

일본식 집들이 모여 있는 길을 지나 중국식 건물들이 있는 곳을 지났다. 어둠 속에서 이상한 냄새가 났다. 약품 냄새 같기도 한 냄새는 오랫동안 공기 속에 고이고 잠겨 있었던 듯했다. 담 안쪽의 큰 공장에서 흰 연기가 울컥울컥 쏟아지는 게 어둠 속에서도 보였다.

"방직공장이야. 공장 불빛이 꺼지지 않는 곳이지. 이 동네 아가씨들은 대부분 이 공장에 다닐 거야. 우리 또래도 꽤 있고."

태오도 방직공장을 모르지 않았다. 큰 공장이었고, 많은 사람들이 공장을 다니고 있고, 주로 여공들이라는 사실도 알았다. 자신의 집에 세 들어 사는 이들도 이 공장에 다녔다. 그전까지 이 공장이 그저 붉은 담으로 인식됐다면 지금 어둠 속에서 연기와 이상한 냄새가 나는 공장은 꿈틀거리는 거대한 몸체 같았다. 새벽에 집 앞에서 보았던 미은을 떠올렸다. 어쩌면 미은은 지금도 저 공장 안 어디에선가 일을 하고 있을지도 몰랐다.

경준네 집을 가는 동안 냄새는 사라지지 않았다. 저목장 쪽에서 불어오는 바닷바람도 그리 상쾌하지는 않았다. 칙칙한 밤의 냄새였다. 경준은 골목으로, 더 구석진 곳으로 들어갔고, 골목으로 들어갈수록 빠져나가지 못한 냄새는 더 심했다. 판잣집들이 다닥다닥 붙어 있어 공기가 빠져나갈 구멍이 없어 보였다.

이 골목 어디엔가 경준의 집이 있다는 건가. 믿기지 않았다. 낮은 판잣집들은 경준의 키에 못 미치기도 했다. 경준이 앞에서 구부정하게 걸었다. 태오도 고개를 숙였다. 굳이 집을 알아야겠다고 우긴 게 미안했다. 보여주고 싶지 않은 치부일 수 있었다. 골목 끝쯤에서 경준은 슬레이트 지붕의 낡은 집 앞에 멈춰 섰다. 집이라기보다는 네모난 버팀 구조물 같았다. 경준이 판자문을 열려 했다. 그 순간 와장창 소리가 나고, 욕설이 뒤섞인 남자의 악다구니가 집 안에서 쏟아졌다. 경준의 얼굴이 일그러졌고, 조금 뒤 체념한 얼굴로 태오를 바라봤다.

"날을 잘못 잡았네. 노친네가 술 취해 또 때려 부수나 봐. 더 험한 꼴 보기 전에 여기서 헤어지는 게 어때? 집 위치는 알았을 테고."

어설프게 인사를 하고 돌아섰다. 되돌아 나오는 동안 경준의 시선이 느껴졌지만 뒤돌아보지 않았다. 경준이 이런 곳에서 산다는 게 적잖은 충격이었는데 뒤돌아보는 표정에서 경준이 그걸 읽어낼 것만 같았다. 등 뒤에서 삐걱거리며 판자문이 열리는 소리가 들렸다. 경준의 키보다 지붕이 낮아 보이는 집에서 허리를 제대로 펼 수 있을까? 키가 커서 구부정하게 걷는다고 생각했는데, 이런 생활 때문인지도 모른다는 생각이 들었다. 공부할 수 있는 방이 따로 있어 보이지도 않았다. 지붕의 한쪽은 시커멓게 보이는 게 루핑으로 덮은 듯했다. 저 안에서 제대로 잘 수는 있을지 걱정되었다. 경준이 신문을 돌린다고 할 때 짐작했어야 했는데, 그가 이런 동네, 이런 집에서 살고 있을 줄은 상상하지 못했다.

 공원을 가로질러 올라가다가 뒤를 돌아보았다. 방직공장 건물에서 흰 연기가 오르는 게 희미하게 보였다. 바람이 태오의 뺨을 스쳐 지나갔다. 어둠 속에서 잠들지 않은 비둘기들이 구룩구룩 대는 소리가 들렸다. 비둘기들도 공원 광장 한쪽에 육층짜리 그럴싸한 집을 가지고 있었다. 언젠가 공원에 올랐을 때, 옥수수 사료를 주면 몰려들었던 비둘기들이 훌쩍 날아올라 제집으로 쏙 들어가는 걸 여러 번 봤다. 비둘기 울음소리가 발목을 잡아채는 것만 같았다. 집으로 돌아오는 내내 발걸음이 무거웠다. 자꾸만 땅 밑으로 발이 꺼질 것만 같았다. 가도 가도 끝나지 않을 것만 같은 길을 걸어갔다.

4

"내 어떤나?"

밥을 먹고 그릇 몇 개 설거지하고 들어오니 명숙이 화장을 끝내고 얼굴을 돌렸다. 미은이도 그렇지만 선자 역시 얼굴에 바를 변변한 크림조차 없었다. 명숙은 달랐다. 한 달에 한 번 다녀가는 화장품 외판원에게 꼭 무언가를 샀다. 외상을 일부 갚고 다시 외상을 달았다. 명숙은 그렇게 산 화장품을 다른 사람들이 쓸까 봐 상자에 넣어놓고 따로 썼다. 선자와 미은이 월급의 대부분을 집으로 보내는 것에 비하면 명숙은 그래도 여유로운 편이었다.

"이뻐, 언니."

미은은 화장을 안 한 얼굴이 더 이쁘다고 생각했지만 명숙이 듣고 싶어 하는 대답을 해줬다.

"암만, 이쁘고 말고."

선자가 놀리듯 대답했다.

"니, 이리 앉아봐라. 그래도 공원에 꽃구경 가는데 기분 좀 내야지. 니도 꾸미면 괜찮은 얼굴인데 이 얼굴에 미안하지도 않나."

명숙이 미은의 팔을 잡아당겼다.

"괜찮다. 나는 이 얼굴이 더 좋다. 언니나 많이 발라라."

"가시나, 뻗대지 말고 앉아봐라. 입술만 발라주께."

명숙의 극성에 못 이기는 척 앉았다. 미은도 입술에 루주를 바르면 어떻게 될까 궁금하기는 했다. 이상하면 지우면 그만이었다.

"입술을 그렇게 앞으로 내미는 게 아니라 옆으로 벌려야 잘 발린다."

붓이 입술에 닿자 간지러웠다. 웃음이 나오려는 걸 참았다. 명숙은 입꼬리까지 꼼꼼하게 발랐다.

"자, 봐라. 어떻나? 이쁘지?"

미은이 명숙이 내민 손거울을 들여다봤다. 다홍색으로 변한 입술 덕분인지 얼굴이 한결 환해 보였다. 기미가 낀 것도 아닌데 눈 밑이 어두워 그늘진 얼굴이라는 말을 들은 적도 있었다. 잘 웃지 않아 무슨 걱정이 있냐는 말도 종종 들었다. 미은은 잠깐이지만 명숙이처럼 사는 건 어떤가 생각했다. 세상 근심을 다 짊어진 얼굴 말고, 좀 뻔뻔한 거 같은데 밉지 않은 얼굴로. 세상이 어떻게 돌아가든 상관없이, 이제 막 피어나는 나이에 맞게 환하게 살아보는 것은 어떤가, 그렇게 못 살 것도 없을 거 같은데, 이렇게 간질이며 입술에 환한 루주를 바르듯 그렇게 하면 될 텐데 싶기도 했다.

명숙이 공원에 벚꽃을 보러 가자고 조르지 않았다면 미은은 또 벚꽃이 피고 지는 것도 몰랐을 것이다.

"니, 나 몰래 루주 닦아내면 죽는다, 알지?"

미은이 고개를 끄덕였다. 명숙의 말이 아니더라도 지우고 싶지 않았다.

"나도 좀 발라줘 봐라. 같이 좀 이뻐지자."

명숙은 크게 인심 쓴다는 듯이 선자 입술에도 루주를 발라주었다. 셋 다 다홍색 입술이 되었다. 셋이 차려입고 문을 나서다 마당에 있던 주인아줌마와 마주쳤다.

"하이고, 다들 이렇게 이쁘게 차려입고 어딜 가나? 길에서 만나면 못 알아보겠네."

"우리 벚꽃놀이 가요."

명숙이 미은과 선자 사이에서 팔짱을 끼며 대답했다.

"좋은 나이네. 잘 놀다 와. 너무 늦게 들어오지는 말고."

발걸음이 가벼웠다. 어제 밤늦게 일을 마치고 왔는데 놀러 나간다는 생각 때문인지 피곤도 덜했다. 공원 올라가는 길은 벚꽃이 한창이었다. 사람들이 많아 어깨를 부딪칠 정도였다. 그래도 미은은 벚꽃잎이 분분히 날리던 이 봄날이 나중까지 기억에 또렷했다. 미은은 굳은 땅속을 뚫고 나오는 아지랑이처럼 마음이 한없이 아슴해져 간지러웠다. 명숙이 자유공원 계단을 밟으며 노래를 불렀다.

 나 어떡해 너 갑자기 가버리면. 나 어떡해 너를 잃고 살아갈까. 나 어떡해 나를 두고 떠나가면. 그건 안 돼 정말 안 돼 가지 마라. 누구 몰래 다짐했던 비밀 있었나. 다정했던 네가 상냥했던 네가 그럴 수 있나.

 명숙의 하늘하늘한 치맛자락이 바람에 날렸다. 굳이 꽃을 보러 가면서 저런 노래를 부르다니. 그래도 명숙은 아랑곳하지 않고 신나게 목청을 높였다. 제1회 MBC 대학가요제에서 대상을 탄 노래였다. 대학가요제, 대학생들만 참가할 수 있는 가요제였다.

 명숙은 누구보다 노래를 잘했지만 참가할 수 없었다. 명숙이, 중학교도 겨우 나온 명숙이 대학 생활을 꿈꾸는 건 대학 배지를 달고 대학가요제에 나가 폼 나게 노래를 부르고 싶었기 때문이었다. 아무리 노래를 잘 불러도 나갈 수 없는 가요제였다. 명숙이 왜 저런 가요제를 만들어 내 가슴을 멍들게 하는 거냐고 과장되게 가슴을 쳤다. 그러다 몇 번 칫칫거렸다. 그건 억울하다 싶을 때 하는 명숙의 버릇이었다. 한두 번 있는 일도 아니었다.

흑백텔레비전에서 보았던, 흰 진바지에 티셔츠를 입은 샌드 페블즈는 명숙을 설레게 했다. 흰 셔츠 가슴에 새겨진 로고가 서울대학교를 상징한다는 건 알고 있었다. 대학 근처에도 못 가봤지만 서울대학교 상징은 알고 있었다. 그건 동경, 선망, 가닿을 수 없는 미지, 환상 같은 거였다. 명숙은 그저 「나 어떡해」를 따라 부를 뿐이었다.

연하디연한 분홍빛이 가득했다. 바람이 불면 꽃잎들이 작은 나비처럼 나풀거리며 날아다녔다. 눈앞에서 벚꽃을 보고 있어도 믿기지 않았다. 미은이 살던 동네에는 벚꽃이 없었다. 봄이구나, 눈부시게 예쁘다. 미은은 그렇게 말했지만 그렇게밖에 말할 수 없는 간지러움이 가슴을 훑고 지나가는 걸 느꼈다. 뭐라 표현할 수 없는 감정이 몰려왔다가 몰려가고, 다시 맴돌았다. 따뜻한 바람결, 날리는 꽃잎, 이렇게 봄을 느끼는 것이 호화로운 사치 같았다. 공짜로 누리는 사치였다. 이 봄을 느끼는 이 마음을 어떻게든 잡아두고 지금 느끼는 이 감정의 정체를 곱씹어 찾고 싶은데 일렁이기만 할 뿐 도무지 알 수 없었다. 그냥, 벤치에 앉아 꽃잎이 떨어지는 걸 보며 졸음에 겨운 듯 눈을 희미하게 뜨고 이 봄을 즐기고 싶었다.

세상에!

미은의 눈길을 붙잡은 것은 고목 허리춤에서 뚫고 나온 잎 몇 가닥과 꽃송이였다. 새로운 가지가 몸통을 뚫고 나오면서 그 가지에 새 잎이 나고 꽃이 필 거라고 생각했는데 그런 절차 없이 바로 옆구리를 훅 뚫고 나온 저 잎과 꽃을 어떻게 표현한단 말인가. 잎도 꽃도 모두 여리기만 한데 고목을 뚫다니.

"저 반란하는 꽃들을 봐. 대단하지 않니? 가만히 있으면 저 단단한 고목을 뚫을 수 없으니 반란을 일으켜 꽃을 피워내나 봐. 그러지 않으면 영영 저 자리에서 꽃을 피울 수 없을 테니까."

선자가 꽃을 들여다보며 말했다. 반란이란 말을 이렇게 연하디연한 꽃에게 붙이다니. 그렇게 생각했지만 미은이 꽃 가까이 가보니 정말 반란이 아니고서야 뚫을 수 없을 것 같은 고목을 뚫고 꽃을 피우긴 했다.

"반란하는 꽃! 좋은데? 난 얌전한 꽃보다 반란하는 꽃이 더 마음에 들어."

명숙이 거들었다.

"저 가시나는 반란은커녕, 지 얼굴 꾸미기도 벅차면서 꽃보고는 반란하란다."

"내가 못하니 대신 해달라는 거지. 누가 우리 공장에서도 반란을 일으켜주면 나도 응원은 해줄 수 있는데."

명숙이 노조 대의원인 선자를 보며 말했다.

"그건 거저먹겠다는 거지? 설마, 우리가 뭔 복이 있다고 거저 주어지겠니. 우린 그런 복 없다. 나서서, 싸워서 얻어야 그나마 쥐꼬리만큼 얻어지는 복이야. 복도 아니지. 우리 걸 찾아 먹는 건데 그것도 이리 힘드니, 우린 참 박복한 인생이다, 그치?"

명숙이 샐쭉해져서는 "아이참, 내가 돈만 좀 있는 집에서 태어났으면 인생 이렇게 살지 않을 낀데" 했다. "이 이쁜 얼굴로 밤잠을 못 자고 일해야 된다니, 얼굴한테 너무 미안하다" 하고 덧붙이다가 선자한테 등짝을 맞았다. 꽃에 갇혀 공원길을 몇 바퀴고 돌고 또 돌고 싶었다. 광장에도 사람들로 북적였다. 모두 꽃놀이 나온 사람들이었다. 비둘기들이 던져주는 먹이를 먹기 위해 푸드득 날았다. 부지런히 바닥에 떨어진 옥수수를 쪼기도 했다.

"저 사람들 아까부터 자꾸 우리를 쳐다보는 거 같은데?"

명숙이 미은을 현실로 끌어당겼다. 미은이 상황 파악을 하기도 전에 갑자기 선자가 성큼성큼 그들에게 다가갔다.

"어머 어머, 이쪽으로 온다, 어떡해."

명숙이 흥분한 목소리를 누르며 말했다. 선자가 그들과 몇마디 나누는가 싶더니 무리를 끌고 왔다. 그들도 셋이었다.

"이 공원에서 제일 아름다운 꽃들이 여기 있었네요. 우리 이렇게 만나게 된 것도 인연인데 차라도 한잔, 어떻습니까?"

키가 크고 눈이 선하게 생긴 남자가 뻔한 수작을 걸었다. 명숙이 몸을 꼬며 뭐가 재미있는지 키득거렸다.

"아니, 차가 뭐예요? 밥이나 술이라면 모를까."

명숙이 새초롬한 표정으로 남자의 말을 받았다.

"아우, 좋죠. 꽃이 맺어준 인연인데 밥도 먹고 술도 마시고 하자고요."

명숙이 냉큼 좋아요, 했고, 미은은 그 말에 놀라 명숙의 소맷자락을 잡아당겼다. 선자가 미은의 손을 잡아끌었다. 남자들이 앞장서고, 셋이 뒤따라 내려갔다.

"저 키 큰 남자, 내가 먼저 찜했다."

명숙이 바람에 날리는 치맛자락을 잡으며 말했다. 미은은 이런 경험이 처음이었다. 선자가 과감하게 남자들에게 말을 붙이고 데려온 것도 뜻밖이었다.

"아는 사람들이에요?"

미은이 선자에게 조그맣게 물었다. 선자가 고개를 저으며 빙긋 웃었다. 아무리 활달한 선자라지만 알지도 못하는 남자에게 서슴없이 다가가 말을 시키고 데려올 줄은 몰랐다.

애초 약속대로 밥도 먹고, 술도 마셨다. 처음엔 어색하던 분위기도 금방 누그러졌다. 제철공장과 판유리공장에 다니는 남자들이었다. 남자들은 다들 괜찮았다. 농담도 잘했고, 분위기도 잘 이끌었다. 처음 차를 마시러 가자고 했던 남자가 석호였다. 명숙이 진즉에 찜한 남자였다.

남자들이 이렇게 아름다운 분들을 그냥 보낼 수 없다며 집 근처까지 바래다주었다. 선자는 밤에 출근해야 해서 거의 술을 마시지 않았다. 한숨도 못 자고 일을 나갔다. 명숙이와 미은은 내일 새벽 출근이라 그래도 여유가 있었다. 집에 돌아와서 명숙은 좀처럼 잠들지 못했다. 미은이 잠들려고 하면 말을 시켰다. 석호에 대한 질문이었다. 자기가 선택한 남자에 대한 확신을 미은의 대답에서 찾으려고 했다. 미은이 시계 알람을 다시 한번 확인했다.

방정맞은 알람 소리에 번번이 깜짝 놀라 깨지만 달리 도리가 없었다. 알람 없이 일어나기가 쉽지 않았다. 그만큼 몸이 힘들었다. 남자들만 아니었으면 공원을 돌고 와 오후에는 밀린 청소와 빨래도 하고 한숨 자기도 했을 것이다. 잠도 자지 못하고 일하러 나간 선자가 마음에 쓰였다. 흥분을 가라앉히지 못하는 명숙에게 몇 번이나 자자고 한 뒤에야 겨우 잠들 수 있었다. 긴 하루를 보낸 듯했다.

명숙은 미스동일 선발대회에 나가겠다고 선언한 날부터 이십 분 먼저 일어났다. 밥을 할 때는 밥물이 끓을 때 나오는 김이 피부에 좋다고 솥 근처에 아예 얼굴을 갖다 댔다. 얼굴에

콜드크림이라는 것을 바르고 검지와 중지로 동그랗게 원을 그리며 비벼댔다. 마사지라고 했다. 그래야 얼굴이 더 작아지고 탄력도 붙고 빛이 난다고 했다. 그렇게 마사지가 끝나면 가운데 세 손가락으로 얼굴을 소리 나게 두드렸다. 양말도 치우기 싫어해 발가락으로 집어 버리면서 제 얼굴 가꾸는 건 얼마나 부지런한지 혀를 내두를 정도였다. 그렇게 마사지를 매일 해서 그런지 대회가 다가올 때쯤엔 얼굴이 작아진 것 같고 빛이 났다. 선자는 그래도 매주 주택복권 사면서 아까운 돈 버리는 것보다는 낫다고 했다. 명숙이 그 말을 들었는지 술병으로 종아리 마사지를 하다 말고, "니 언니야는 주택복권 당첨돼도 국물도 없다" 하고 받아쳤다.

선발대회 때 입을 거라며 양장점에서 옷도 맞췄다. 무릎 위로 올라오는 짧은 원피스는 명숙의 몸에 꼭 끼었다. 게다가 허벅지까지 다 보일 정도로 짧았다. 대회 때까지 살을 더 빼겠다고 했다. 어떻게 소문이 났는지 주인아줌마도 비지를 많이 쑤었다고 가져와서는 대회에서 꼭 일등 따라고 응원했다. 미은은 따라는 말이 재미있어 웃었다.

"아가씨도 웃으니 이쁘네. 한쪽 볼에 보조개도 들어가고."

미은이 얼굴을 붉혔다.

대회가 다가올수록 미은이나 선자도 조바심이 생겼다. 선자는 처음엔 진지하게 명숙에게 꼭 대회에 나가야겠냐고 물었다. 왜 묻는지 모르지 않았다. 꼭 그렇게 초를 쳐야겠냐고 명숙이 샐쭉하니 토라졌다. 내가 내 얼굴, 내 몸매 좀 자랑하겠다는데 뭐 나쁜 거냐고 했다. 게다가 선물도 푸짐하니 얼마나 좋으냐고 했다. 이쁜 게 죄는 아니지 않냐고 했다. 명숙의 눈에 눈물이 맺혔다. 결국 선자는 몇 마디 더 하려고 입을 벌렸다가 체념하듯 다물었다. 그렇게 승복하고 나자 더 이상 그 얘긴 꺼내지 않았다. 윗몸일으키기를 할 때 잡아준다든지 종아리나 허벅지를 주물러주기도 했다.

얼마 뒤 미색이 감도는 원피스를 다시 입어보았을 때는 완벽하게 잘 맞았다. 가슴골이 살짝 드러나 보일 정도로 파인 원피스는 쇄골이 도드라져 보였고, 별다른 무늬가 없어 더 얼굴에 집중할 수 있었다. 거기다 십 센티가 넘는 뾰족한 굽의 빨간 에나멜 구두는 명숙을 아예 다른 세계로 데려다놓은 것 같았다. 그런 굽은 처음 보는 것이었다. 그건 만져보기 전까지는 실물의 구두라고 느껴지지 않을 정도였다. 손가락보다 가느다란 굽이 어떻게 사람 몸무게를 지탱할 수 있는지, 아슬아슬하게 느껴졌다. 금방이라도 굽이 부러질 거 같았다.

명숙이 원피스를 입고 구두까지 신자 낮은 천장에 머리가 닿을 것만 같았다. 발가락으로 양말을 집어 던지고, 코를 골며 자는 명숙이 상상이 되지 않았다. 영화 「겨울여자」에 나오는 장미희처럼도 느껴졌다. 명숙에게서 청순하거나 슬픈 이

미지는 생각도 못했는데 의외였다. 명숙은 방 안에서 걸음걸이를 연습했다. 아무리 미모에 관심이 많아도 명숙에게도 그런 굽은 처음인 모양이었다. 걸음걸이가 자연스럽지 않았다.

"굽이 높아 그런가 허리가 쪼매 굽어 보인다. 허리를 바짝 더 뒤로 젖히라. 가슴을 앞으로 더 내놓고, 턱도 들고, 눈은 창문 높이를 바라보고. 도도하게 말이다."

선자가 주문하자 명숙이 허리를 펴고 더 당당하게 걸었다.

"매일 십 분씩 연습하고 자라. 보는 내가 다 불안하다. 그렇게 걷다가 삐끗해 넘어지면 발모가지 부러진다. 그럼 미스동일은커녕 망신살 뻗치는 기다."

명숙은 선자 말대로 아무리 피곤해도 아침에 일어나 얼굴 마사지를 하고 구두를 신고 아직 일어나지 않은 미은의 머리 위를 왔다 갔다 하며 연습했다. 미은은 알람 대신 명숙의 날렵한 구두 굽이 바닥에 닿는 소리에 잠에서 깨어나곤 했다.

미스동일 선발대회가 일주일 앞으로 다가왔다. 그사이 공원에서 만났던 남자들을 한 번 더 만났다. 처음 만나고 헤어질 때 선자와 석호가 다음 약속을 잡았다고 했다. 두번째 만남은 처음보다 더 편했다. 전에 만났을 때와 크게 다를 바 없었는데 많이 웃을 수 있었다. 명숙이 수줍게 미스동일 선발대회에 나간다는 얘기를 했고, 다들 정말이냐고 깜짝 놀랐다가 박수로 응원하기도 했다. 명숙은 대회 출전하려면 마지막까지 관리를 해야 한다고 술을 한 잔도 안 마시고 물만 홀짝이며 새초롬하게 앉아 있었다.

 그들을 만나는 건 별일 아닌 듯 별일이었다. 알고 보니 그들도 공장의 노조에 관심이 많았다. 서로 그런 얘기를 나눌 때, 성당에서 공부할 때와는 또 다르게 든든했다.

 매번 석호가 분위기를 부드럽게 이끌었다. 그렇게 만난 뒤로 명숙이 이부자리에 누워 가끔 그들 얘기를 했다. 그럴 때는 구차한 현실을 조금은 잊을 수 있었다. 그들과의 만남은 현실인데 현실을 잊게 해주었다. 그들과 만날 때, 미은은 자유공원의 날리던 벚꽃을 떠올렸고, 이 환한 봄처럼 처음으로 청춘이라는 말을 떠올릴 수 있었다.

 명숙은 대회가 내일로 다가오자 쉬 잠을 이루지 못했다. 피부를 생각해서 일찍 자야 한다고 했지만 초조한지 계속 뒤척였다. 큰소리칠 때는 뭐든 거침없이 해낼 거 같더니 긴장이 되긴 하는 모양이었다. 잘될 거라고, 공장에 언니보다 예쁜 여자는 없다고 미은이 몇 번이나 말을 한 뒤에야 잠이 드는 것 같더니 선자가 퇴근하는 소리에 다시 잠에서 깨어났다.

 대회 날 아침, 명숙이 제일 먼저 일어나서는 세수도 하기 전에 구두를 꺼내 들었다.

 "이 굽은 너무 아름다운 거 같아. 이건 굽이 아니라 환상이야. 이 세상에 존재할 수 없는 환상적인 구두. 이 구두를 신으면 공기부터 달라. 다른 세상에 사는 거 같아. 아, 어쩌면 좋아. 나, 너무 떨려."

미은이나 선자는 구경조차 해본 적이 없는 젓가락 같은 굽이 아슬아슬했는데 명숙도 그런 마음이 아주 없었던 건 아닌 듯했다.

"걱정 마, 언니. 그 굽이 언니를 일등 만들어줄 테니까."

미은의 말을 들은 뒤에야 구두에 두었던 시선을 거두고 세수하러 나갔다. 출근하기 전에 셋이 둥글게 서서 손을 붙잡고 기도를 했다. 선자가 미은의 기도발이 좋으니 분명 일등할 거라고 했다. 명숙이 종이 가방에 구두와 곱게 접은 원피스를 넣어가지고 출근했다. 강당에 부서별로 자리를 잡고 앉았다. 무대와 강당 중앙을 잇는 런웨이가 설치되어 있었다. 미은이 속한 반은 무대에서 조금 떨어져 있어 아쉬웠다.

양복을 근사하게 차려입은 사회자가 등장하고 회장을 비롯해서 여러 사람들의 지루한 창립기념일 인사가 있은 뒤에야 미스동일 선발대회가 시작되었다. 회사 임원들이 심사위원석에 앉았다. 미스동일 선발대회는 출연자들이 런웨이를 걸어 무대 위에 올라서고, 사회자의 질문에 따라 답을 하고, 무대에 서 있다가 다시 최종 런웨이 공연을 펼친 뒤 미스동일을 발표하는 순으로 진행된다고 했다. 사회자는 적당히 유머를 섞기도 하고, 절제 있게 톤을 높여가며 분위기를 띄웠다. 다들 응원하는 사람들은 달랐지만 올해에는 누가 선발될지 궁금증도 컸다.

명숙이 일곱번째로 등장했다. 명숙이 런웨이 끝에 서자 웅성거리며 작은 탄성이 쏟아졌다. 앞서 나왔던 사람들은 한복을 입고 머리를 올렸다. 네번째로 나온 사람이 원피스에 통굽 구두를 신기는 했지만 명숙과는 확연히 달랐다. 몸에 꼭 맞아서 절로 걸음이 조심스러워지는 짧은 원피스에 가느다란 굽의 붉은 구두, 긴 생머리를 오른쪽으로 가지런히 모아 내린 명숙은 청초하면서도 도발적이고, 아름다웠다. 화장도 다시 했는지 집에서 볼 때와는 딴판으로 예뻤다. 무대가 빛이 나는 것 같았다. 명숙이 방에서 연습했던 걸음걸이대로 도도하고 당당하고 아찔하게 런웨이를 걸어 무대에 올랐다. 잠깐의 정적이 흘렀다. 사회자조차 다가오는 명숙을 보기 바빴다. 모두 열두 명이 대회에 나왔지만 명숙이만큼 파격적이면서도 아름다운 여자는 없었다.

키는 얼마나 되나, 입사한 지 얼마나 되었나, 고향은 어디인가 등 사회자의 질문에도 능숙하게 답변했다. 다들 명숙에게 점수를 주는 분위기였다. 객석의 박수 소리도 명숙의 이름이 불릴 때 가장 컸다. 사회자의 태도에서도 명숙의 수상이 짐작되었다.

모든 질문이 끝나고, 마지막 런웨이 공연이 시작되었다. 차례대로 무대에서부터 런웨이를 걸어 다시 무대로 올라오면 되었다. 1번부터 다시 무대를 내려와 걷기 시작했다. 명숙도 무대에서 내려와 런웨이에 섰다. 미은은 명숙의 표정이 설핏 어두워지는 걸 놓치지 않았다. 명숙은 미소를 지으려고 애쓰고 있었다. 갑자기 불안해졌다. 미은은 명숙의 걸음걸이에서 오른발이 조금씩 흔들리는 걸 눈치챘다. 무슨 문제가 생긴 것 같은데 짐작이 되지 않았다. 명숙이 무사히 런웨이를 마치길 빌었다. 손에서 땀이 솟았다. 한 걸음 내딛을 때마다 가슴이 조마조마했다. 다른 사람들은 명숙의 불안한 걸음을 알아채지 못했는지 별다른 반응이 없었다.

도도하게 걷던 명숙이 어느 순간 발목이 접질리듯 넘어졌다. 미은은 자신도 모르게 새어 나오는 비명을 손으로 막았다. 구두 오른쪽 굽이 부러진 모양이었다. 꼭 맞춘 짧은 원피스 때문에 명숙은 제대로 일어서지도 못했다. 차례대로 걸어 나오던 다른 후보들도 걸음을 멈췄다. 사회자가 달려 나가 명숙을 부축하고 일으켜 세웠다. 그러나 오른쪽 굽이 부러져 발을 절뚝거리게 되자 몇 발짝 못 가 왼발 굽도 꺾였다. 사회자도 예기치 못한 상황에 당황했다. 몇 달 동안 준비해온 대회였다. 이 대회를 준비하는 동안 명숙의 얼굴에 비치던 미열 같은 설렘을 잘 알고 있었다. 미은이라도 뛰어가 명숙을 그 자리에서 데리고 나오고 싶었다.

그때였다. 명숙이 부축하던 사회자의 손을 가만히 놓고 구두를 벗었고, 아무 일 없었다는 듯이 원피스 자락을 정리했고, 어깨를 펴고 바르게 서더니 무대 좌우를 향해 인사했다. 미소를 짓는 것도 잊지 않았다. 명숙이 절뚝거리는 것을 감추며 맨발로 걷기 시작했을 때 여기저기서 박수가 터져 나왔다. 어디서 그런 용기가 솟았는지, 미은도 눈물을 참으며 손뼉을 마주쳤다. 명숙은 끝까지 걸었고, 무대에 다시 섰다. 그러나 날렵한 굽은 명숙의 자존심이었고, 자존심이 부러진 명숙은 원피스보다 더 창백한 얼굴이었다.

미스동일은 다른 사람 차지가 되었다. 명숙은 인기상을 받았다. 부상은 일제 코끼리밥통이었다. 대회가 끝나고 사람들은 미스동일이 아니라 명숙을 입에 올렸다. 명숙은 이틀 동안 앓아누웠다. 한쪽 발목이 부어 침을 맞고 찜질을 해야 했다. 대회에 나가느라 빠진 살에 이틀 동안 거의 먹지 못하고 누워 있는 명숙은 날씬한 게 아니라 앙상하게 보일 지경이었다. 삼일째가 되어서야 겨우 흰죽을 넘길 수 있었다. 조잘조잘 말도 잘하던 명숙이 입을 다물었다. 선자나 미은도 뭐라 말을 붙이기 어려웠다.

몸을 추슬러 절뚝거리며 마당 변소에 다녀오던 명숙이 부엌 문지방에 앉아 자신의 빨간 구두를 내려다보았다. 굽이 없는 구두는 초라해 보였다. 굽이 구두를 빛나게 해줬다. 명숙은 구두를 들고 한참을 바라보더니 들고 나가 마당 쓰레기통에 던져 넣고 돌아섰다. 그리고 이불을 뒤집어쓰고 끅끅 울더니 나중에는 더 큰 소리로 엉엉 울었다.

  대회에 나가기 위해 산 화장품과 옷, 구두 값이 만만치 않았다. 명숙은 몇 달 동안 빚을 갚느라 쩔쩔맸다. 그러면서 조금씩 변했다. 말수가 줄어들었고, 얼굴이나 차림에 치장하는 시간이 대폭 줄었다. 그 와중에 아무 데나 벗어 던지고 굴러다니던 양말이나 속옷이 언제부터 보이지 않았다. 씻으러 나갈 때 들고 나가서 빨아 널었다. 그런 명숙을 보고 선자가 미은의 귀에 대고 놀랄 노자라고 했다. 언제까지 가나 두고 봐야겠다고 했다.

  기분도 그런데 석호랑 다 같이 한번 만날까 하고 물었을 때도 명숙은 천천히 고개를 저었다. "충격이 컸던 모양이야, 나라도 그랬겠지만. 얼른 털어버려야 할 텐데 걱정이네." 선자도 명숙에게 꽤 신경을 썼다. 명숙은 이른 봄에 막 피었다가 갑자기 닥친 한파에 얼어버린 꽃처럼 희미해졌다. 화장을 안 해서 더 그렇게 느껴지는 것인지도 몰랐다. 자신을 바라보는 시선을 은근히 즐기던 명숙이었지만 지금은 누가 알은척이라도 할까 봐 피했고, 최대한 눈에 띄지 않게 하려고 애썼다.

5

 방학 동안 치던 새벽종은 개학을 하면서 다른 신자가 맡았다. 대신 저녁 종을 치는 일은 여전히 태오의 몫이었다. 신부님 부탁이기도 했고, 태오도 그러고 싶었다. 성당의 종을 치는 일은 호흡이었다. 처음엔 힘을 주고 빼는 힘 조절인 줄 알았는데 결국 호흡이었다. 힘을 주면서 숨을 참고, 느슨하게 하면서 숨을 내뱉고. 호흡이 흐트러지는 순간 종의 울림이 달라졌다. 온 힘을 실어 줄을 잡아당겼다가 몸을 느슨하게 하고, 그에 맞춰 호흡하고, 그 리듬에 따라 종이 울리는 시간은 그 어느 기도보다 경건했다. 종을 칠 때 딱히 기도할 무언가가 있는 것은 아니었다. 아니, 있을 수가 없었다. 온전히 종과

한 몸인 상태가 되어야 하기 때문이었다. 그런데도 종을 다 치고 나면 무언가 절실한 기도, 태오가 미처 알아채지 못했지만 꼭 해야 할 기도를 한 듯, 그리고 답을 얻기라도 한 듯 충만해졌다.

마지막 종소리의 여운이 완전히 가셨다. 태오는 오랫동안 벼르던 일을 오늘은 실행에 옮기기로 했다. 조심스럽게 철판으로 된 나선형 사다리에 발을 올려놓았다. 종이 있는 곳으로 올라가는 사다리였다. 류 아저씨로부터 열쇠를 받았을 때부터 사다리에 올라가보고 싶었다. 종을 바로 앞에서 보고 싶었다. 사다리는 나선형이었지만 가팔랐다. 마지막 계단에 올라서자 세 개의 종이 보였다. 태오는 종을 바라보고 조용히 성호를 그었다.

세 개의 종은 두 팔을 벌린 정도의 크기는 될 듯했다. 첫날 류 아저씨가 말했던 종의 이름 등이 프랑스어로 양각되어 있었다. 종에 새겨진 글자를 읽어보려 애썼다. MICHEL. 미셸, 류 아저씨가 말한 종 이름일 터였다. 프랑스어를 영어 발음으로 읽었다. 류 아저씨가 말하던 발음과 비슷했다.

1899

S.S LEON XIII PAPE

Mgr GUSTAVE CHARLES MUTEL

EVEQUE DE MILO

VIC.APOSTOLIQUE DE CORÉE

Mr JOSEPH MARAVAL, CURÉE

DE CHEMULPO

알 수 있는 내용은 거의 없었다. 1899는 종이 만들어진 때를 의미할 것이다. 레옹 8세 교황님, 그렇다면 MUTEL은 뮈텔 주교님을 말하는 것일까? MARAVAL은 초대 성당 주임신부님인 마라발 신부님 이름인가? 마지막 CHEMULPO는 제물포. 암호 같았다. 뒤편에도 글자가 양각되어 있었다.

par

Mr EMILE LAPORTE

ET

Mme AMELIA WOO LI TANG

태오가 알만한 이름은 없었다. 기증자인가 짐작만 할 뿐이었다. WOO LI TANG이 류 아저씨가 말한 오례당이라는 사람인가. 왠지 느낌이 그랬다.

두번째 종 이름은 MARIE THERESE, 세번째 종 이름은 LOUISE HORTENSE, 내용은 같았다. 다만 뒷면이 달랐다. 기증자의 이름일 것 같았다. 90년쯤 전에 운송수단도 제대로 없었을 텐데, 이렇게 크고 무거운 종을 프랑스에서 동양의 먼 나라까지 가져올 생각을 어떻게 했을까. 그렇게 해서 여기 인천의 성당 종탑에 매달려 성스러운 소리를 내는 종이라니. 그리고 그 종을 치는 종지기 태오라니. 하느님의 은혜라는 생각이 들었다. 종에 한층 다가간 기분이었다. 새긴 글의 내용을 다 이해하지 못해도 주조된 종이 지금까지 삼종을 울리며 이 자리를 지키고 있던 세월의 깊이는 짐작이 갔다. 태오는 다른 사람은 모르는 혼자만의 비밀을 간직한 것처럼 기분이 좋았다.

내려가려던 태오는 다시 한 층 더 올라갈 수 있는 나무 계단을 발견했다. 종탑 위의 천장 공간을 막아놓은 곳으로 올라갈 수 있는 계단인 것 같았다. 이건 발견했다고밖에 설명할 수 없었다. 예전에 신부님이 성당 앞에서 위를 올려다보며 종이 있는 곳과 종소리가 공명하는 공간을 알려주셨다. 밖에서 성당의 종탑을 바라봤을 때 창문이 있는 곳, 그러니까 비스듬히 널판을 대서 소리를 아래로 멀리 퍼지게 하고, 비나 바람이 직접 들이치지 않도록 만들어진 창문 말고도 그 위에 종소리를 공명하게 하는 또 다른 공간이 있었다. 빛만 조금 들어올 수 있는 작은 창문이 전부인 낮고 빈 공간, 거기가 이를테면 공명실이었다. 그때는 거길 들어갈 수 있는 곳이라고 생각하지 않았다.

폭이 좁은 나무 계단을 올랐다. 따로 문이 없었다. 떨리는 손으로 머리 위쪽의 나무판을 위로 밀어보았다. 밀렸다! 나무판 세 개가 들렸다. 문이었다. 나무판을 들어 공명실 바닥 옆으로 놓았다. 종탑 위를 볼 수 있으리라고는 생각하지 못했다. 류 아저씨도 공명 공간에 대해서는 말해주지 않았다. 열린 공간으로 고개를 들이밀었다. 조그만 창으로 들어온 빛이 안을 비췄다. 빈 공간이었다.

경준이 둘이 같은 책을 읽고 얘기해보는 건 어떠냐고 했다. 태오도 바라는 바였다. 경준은 다양한 분야의 책들을 읽었고, 그것도 대개 다른 학생들이 거의 대출해서 읽지 않는 책들이었다. 서로 다섯 권씩 읽을 책을 정했고, 매주 한 권씩 읽고 책에 대해 얘기하기로 했다. 첫번째 책이 『데미안』이었다. 태오가 추천한 책이었다. 태오는 라디오에서 이 책의 문장을 읽어주는 걸 들었다.

새는 알을 깨고 나온다. 알은 세계다. 태어나려는 자는 한 세계를 부수어야 한다.

라디오를 들으며 공부를 하는 건 태오의 오랜 습관이었다. 늦은 밤 라디오에서 들려오는 중저음의 부드러운 목소리와 음악, 잠깐의 적막은 태오에게 밤의 동반자와도 같았다. 태오는 그 시간이 좋았다. 그렇다고 음악에 집중하는 것은 아니었다. 음악은 밤의 공기처럼 자연스럽게 떠다녀 공부를 방해한다기보다 스며드는 편에 가까웠다. 라디오에서 흘러나온, 아나운서가 또박또박 들려준 그 문장이 태오의 호기심을 부추겼다. 다음 날 도서관에서 책을 찾았다. 태어나려는 자는 한 세계를 부수어야 한다. 그 말이, 그 말을 전하던 아나운서의 목소리가 오랫동안 기억에 남았다. 태오는 책을 읽으며 몇 군데 메모를 했다.

　토요일 오후 공원 벤치에서 경준과 만났다. 경준과 태오는 새가 되기 위해 깨야 하는 한 세계에 대해 얘기했다. 처음엔 책 속의 주인공이 깨야 할 세계였지만 얘기는 점점 스스로 깨야 할 세계로 옮겨왔다. 태오는 경준과 얘기를 나누며 전율했다. 얘기 끝에 경준은 전태일이라는 이름을 들어본 적이 있느냐고 물었다. 처음 듣는 이름이었다.

　경준은 전태일에 대해 얘기했다. 고개도 들지 못하는 곳에서 하루 종일 미싱을 돌리는 어린 여공들에 대해, 근로기준법을 공부하던 청년, 평화시장 한복판에서 근로기준법을 준수하라고 외치며 자신의 몸을 불사를 수밖에 없었던 한 청년에 대해. 처음 듣는 얘기였다. 경준은 그 얘기를 할 때 이제껏 본 적이 없는 절망적인 표정을 지었다. 마치 자신의 몸이 불길에 휩싸이기라도 한 듯, 불에 데이기라도 한 듯 괴로워했다. 태오는 아침이면 학교에 가기 전 아버지와 같이 잠깐 동안이지만 신문을 들춰보곤 했다. 하지만 그런 기사를 본 적이 없었다. 그 얘기가 사실인지 믿기지 않았다. 어느 누가 자신의 몸에 불을 지를 수 있단 말인가. 아니, 불을 지를 수밖에 없는 상황이란 도대체 어떤 것인가. 태오는 상상을 하지 않으려고 했다. 자신의 몸에 불을 붙이고, 불길에 휩싸이고 타들어가는 그런 끔찍한 광경을 떠올리지 않으려 했다. 그래서 경준의 얼굴을 바로 보지 않으려 했다. 그의 표정에서 상상하게 될까 봐.

"그렇게 죽어버리면 아무 소용없는 거 아냐? 아무리 억울해도 그건 아니지. 광장에서 그랬으면 사람들이 얼마나 놀랐겠어. 그건 알에서 깨고 나왔다고 할 수는 없는 일이라고 생각해."

경준은 무슨 말인가 하려다 입을 다물었다. 잠시 침묵이 이어졌다. 태오는 멀리 머리만 겨우 보이는 군인의 동상을 바라보았다. 바람이 차다는 생각이 들었다.

"책에도 나오지. 전태일은 바꾸고 싶었고, 자신 안에서 저절로 우러나오는 절박한 것, 그것을 알리고 싶었을 거야. 전태일은 알았을 테지. 이렇게 하지 않으면 그 세계가 너무나 견고해 아무도 깨지 못하리라는 것을. 자신의 몸을 불살라서라도 천장이 낮아 고개도 들지 못하는 다락방 같은 곳에서 미싱을 돌리느라 종일 햇볕 한 줌 볼 수 없는 곳에 대해 알리고 싶었던 거야. 누구도 이렇게 살아서는 안 된다고. 우린 그 목소리를 외면해선 안 돼."

경준은 격앙되려는 목소리를 애써 눌렀다. 태오는 적잖은 충격을 받았다. 그런 일이 벌어졌다는 것에, 그런 걸 경준은 알고 자신은 전혀 모른다는 것에 대해. 경준은 태오가 모르는 전혀 다른 세계에 살고 있는 것 같았다. 아니, 태오 자신이 어떤 세계에 갇혀 있는 기분이었다. 학교에선 가르쳐주지 않으니까. 경준은 간단하게 정리했다.

<u>스스로 잘 자라왔다고 생각했다.</u> 공부도 잘했고, 가족이나 주변 사람들로부터 칭찬도 받았다. 성당 종을 치는 일도 신부님이 아무에게나 시키는 것은 아니었다. 그런데 모르는 게 너무 많다는 생각이 자주 들었다. 경준을 만나고 나서부터 그랬다. 흔히 말하는 우물 안 개구리라는 말을 떠올리게 될 줄 몰랐다. 태오는 『데미안』의 싱클레어가 데미안 앞에서 느꼈을 감정을 지금 자신이 느끼고 있다는 생각이 들었다. 그건 썩 기분 좋은 일은 아니었다.

태오는 대문을 열고 들어가다가 마당에서 세수를 하고 들어가는 미은을 보았다. 한 지붕 아래 살고 있는데, 비슷한 나이인데 왜 인사도 제대로 하지 않고 지냈던 것일까. 건넛방에 사는 이들도 삼교대를 해야 해서 공장에서 밤새워 일하는 날도 많을 텐데, 얼마나 솜먼지가 많이 날리면 아예 스펀지를 가지고 다니면서 털어야 하는 걸까. 그들도 미싱을 돌리던 사람들과 비슷한가. 태오는 머릿속에 떠오른 생각들로 복잡했다. 그러다 문득 전태일이라는 이름이 다시 떠올랐다. 분개하던 경준의 떨리던 목소리까지.

6

 선자가 명숙의 생일 선물로 내민 것은 빨간 구두였다. 어딘가 익숙하면서도 낯선 구두였다. 명숙은 구두를 받아 들고, 이게 뭐야, 하더니 선자가 말을 꺼내기도 전에 입술을 실룩대다가 갑자기 엉엉 소리 내어 울었다. 좀 달라 보여도 명숙이 미스동일 선발대회 때 신은 구두였다. 워킹을 하다가 구두 굽이 부러져 주저앉던 명숙의 얼굴이 다시 떠올랐다. 명숙이 구두를 버리는 걸 봤는데 선자가 다시 주워 수선해온 모양이었다. 명숙이 우는 바람에 선자가 잠시 난감해했지만, 명숙의 울음이 구두 때문이 아니라는 건 잘 알고 있었다. 그동안 쌓였던 서러움이 터진 것이다.

"깍쟁이 같은 가시나가 왜 이리 눈물은 흔한 거야? 공짜라고 그라나?"

선자가 놀리자 그때야 명숙이 아이씨이, 하며 울음을 그쳤다.

"니가 버린 이 빨간 구두가 너무 아까워 내가 구둣방에 가서 돈 좀 썼다. 이 구두 색깔 봐라. 반짝반짝 빛나는 게 꼭 나 좀 봐달라는 거 같지 않나. 굽을 아주 튼튼한 걸로 다시 박았으니 다시는 부러질 일 없을 거다. 구둣방 아저씨 하는 말이 그런 굽을 취급하는 구둣방도 흔치 않고, 아직 그런 굽을 단단하게 할 기술이 부족하다고 하더라. 그렇게 높은 굽은 전문 기술자가 작업해야 하는데 시로도가 작업했나 보다고."

굽 높이가 절반으로 줄어 있었다. 높고 뾰족한 굽이었을 때 빨간 구두는 굽까지 빨간색이었다. 그건 강렬하면서 위태로웠고, 아름다우면서 쓸쓸했다. 짙은 밤색의 구두 굽은 명숙의 빨간 구두를 다른 구두로 보이게 했다. 위태로워 보이던 욕망이 잦아든 이후의 구두랄까. 저 구두를 신을까 싶었는데 명숙이 방 안에서 바로 신어 보였다. 명숙이 슬쩍 잘 어울리네, 하고 말을 흐렸지만 마음에 드는 것 같았다. 명숙이도 홧김에 구두를 버리고 나서 아까워 며칠 뒤에 쓰레기통을 다시 뒤졌는데 없더란다. 대회 날 한 번밖에 신어보지 못한 구두였다. 땅 한 번 밟아보지 못한 구두여서 흙도 안 묻은 구두였다. 내내 아까웠는데 차마 자존심 상해 말도 못했다고 했다. 선자가 어떻게 제 맘을 알고 찰떡같이 수선해놨다고 좋아했다.

"그런 대회 안 나가도 동일에서 명숙이 니가 제일 이쁘다. 그러니 그런 대회 나가지 마라."

"힝. 그래도 그런 대회에 나갔으니 이런 밥통이라도 탔지. 이래 봬도 일제 코끼리밥솥이라고. 이게 얼마짜린데. 주인아줌마한테 팔까 생각 중이다."

명숙이랑 같이 살면서 처음 맞는 생일이었다. 서로 생일이라고 챙길 여유도 없었는데 며칠 전부터 생일 챙겨달라고 투정을 부렸다. 선자도 명숙이 미스동일 선발대회 이후로 눈에 띄게 침울하고 짜증이 늘었다며 이참에 생일을 챙겨주자고 했다. 미역국을 끓이고 김치를 썰어 부침개를 부쳤다. 막걸리도 밥그릇에 한 잔씩 따랐다. 셋 다 한 모금 마시고, 눈을 맞추며 웃었다. 술을 야금야금 먹다 보니 얼마든지 마실 수 있을 거 같았는데 조금씩 취하는지 목소리가 높아졌다. 별 얘기도 아닌데 자꾸 웃음이 났다. 급기야 어느 집에선가 좀, 잡시다! 하는 고함이 들렸다. 이미 술은 바닥나 있었다. 셋은 얼른 불을 끄고 이불 속으로 들어갔다. 이제 그만 자자고 했지만 술에 취해선지 누구도 쉬 잠들지 못했다. 처음으로 집 떠나온 얘기들을 했다. 어둠 속에서 두런두런 이야기가 이어졌다. 미은은 선자나 명숙이 없었다면 낯선 이곳에서의 생활이 얼마나 고단했을까 생각했다. 오늘 밤처럼 다 같이 누울 수 있는 날이 별로 없어서인지, 아니면 고향 얘기를 꺼낸 끝이라 그런지 마음이 자꾸 부들부들해졌다.

"언니, 우리 들어오기 전에 노조에서 회사랑 싸움하면서 막 옷을 벗고 그랬다는 거 사실이야?"

갑자기 명숙이 물었다.

"그걸 어떻게 안 거야?"

선자가 차분하게 물었다.

"다 알던데? 오늘 반장이 나한테 언니랑 너무 어울리지 말라고 그러더라고. 회사에 찍힌 사람이라고."

"그래서 나랑 안 어울릴 거야?"

"언니, 나를 뭘로 보고. 반장이 그 말 할 때도 사람 뭘로 보고 그런 말 하냐고 빽 소리를 질렀어. 내 일은 내가 알아서 한다고. 남의 인생에 겐세이 끼지 말라고."

"크, 겐세이 끼는 게 뭐야?"

"나도 잘 몰라. 흥분하니까 옛날에 동네 아저씨가 하던 말이 불쑥 튀어나오더라고. 그 아저씬 동네 사람들이 뭔 말만 하면 남의 인생에 겐세이 끼지 말라고 했거든. 별로 친하지도 않은 이상한 동네 아저씨였는데 내가 반장한테 그 아저씨처럼 말하더라고. 반장이 완전 어이없어서 쳐다보는데 나도 그렇게 말해놓고 속으로 얼마나 웃었는지."

그 밤, 선자가 진지하게 말했다.

"우린 정말 옷을 벗었어. 지금 생각해도 옷을 벗어 던질 수 있는 용기가 어디서 솟아났는지 신기할 정도야. 시키는 대로 일하던 우리들이 여성 대의원이 되고, 여성 지부장을 뽑았어. 공장에서 일하는 사람은 거의 다 여잔데 노조 대의원은 다 남자들이고, 우린 여유롭게 밥 먹을 시간도, 옷을 갈아입을 곳도 없는데, 생리통에 배는 아파 죽겠는데 쉴 수도 없잖아. 더 일찍 출근하고 더 늦게 퇴근하고 돈도 적게 주잖아. 우릴 위해 그런 걸 해달라고 회사에 요구하라고 노조가 있고 회비를 내는 건데 노조가 나서지 않았어. 그래서 우리가 대의원이 된 거지. 노조를 바꿔야 그런 걸 요구할 수 있으니. 그러다 위원장까지 바꾼 거고.

처음엔 무식한 공순이들 주제에 뭘 하겠냐며 보나마나 일 년이 지나지 않아 내놓고 항복할 거라고 공공연히 떠들고 다녔어. 우린 보란 듯이 해내고 싶었어. 약이 올랐거든. 너네들이 무시하는 우리들도 힘이 세다는 걸 보여주고 싶었어. 회사라고 가만히 있지 않았지. 한 사람씩 괴롭히기 시작하는 거야. 잘 끊어지는 실을 주고, 기계 할당을 늘이고, 낡은 기계를 주고, 화장실에서 늦게 와도 시말서를 쓰게 하고. 우린 그런 빤한 술책은 참을 수 있었어. 억울해서 뒤에서 우는 한이 있어도.

노조가 우릴 위해 일하고 힘이 세지니까 경찰이 회계장부를 압수하고 며칠 뒤에 있을 총회를 막으려고 지부장과 총무를 연행하기까지 했어. 당연히 두 사람을 석방하라는 농성을 시작했지. 그러니까 회사가 수도와 전기를 끊어버렸어. 뜨거운 한여름이었는데, 그늘 한 점 없는 마당에 먹을 물도 없었던 거야. 기다리고 있었다는 듯이 다들 지쳐 쓰러질 때쯤 경찰차가 들이닥치더라고. 다들 그렇게나 많은 무장경찰이 열을 지어 오는데 너무 무섭더라고. 무서우니까 한곳으로 뭉쳤고, 나중엔 기동경찰들이 연행 버스까지 대기시켜 놓고 방망이를 들고는 농성장을 포위하기 시작하는 거야. 쿵쿵쿵 한 발 한 발 다가오는데 얼마나 무섭던지. 끌려가게 될까 봐 다들 덜덜 떨었어. 그렇게 우리를 포위하고 조여오는데 우리는 꼭 독 안에 든 쥐처럼 꼼짝할 수가 없었어. 어쩌면 이런 상황이 올지도 모른다고 생각했지만 막상 방망이를 든 경찰이 우리를 포위한 상황이 믿기지 않았어. 점점 포위망을 좁혀오는데 방법이 없으니까, 무서우니까 단단히 팔짱을 끼고 이를 악무는 수밖에 없었어. 옆에서 팔짱을 낀 사람이 누군지는 모르겠는데 얼마나 달달 떨면서 내 팔을 꽉 잡았는지 나중에 보니까 시퍼렇게 멍이 들었는데 그 멍든 자국이 일주일도 더 가더라고.

 우린 너무 무서웠어. 설마 저 방망이로 우릴 내려치는 건 아니겠지, 이러다 죽는 건 아닌가 다들 그런 생각을 했을 거야. 무섭고 이가 덜덜 떨리더라고. 한여름이었는데 말이야. 꼼짝없이 붙잡혀 경찰버스에 실려 가게 생겼는데 누군가 다급하게 소리쳤어. 옷을 벗은 여자 몸에는 경찰이 아니라 그 누구라도 남자들은 손을 못 댄대! 아, 그 소리를 듣는데 빠져나갈 구멍이 있구나 싶더라고. 우리는 서로의 옷을 벗겨주었어. 필사적으로. 벗은 옷을 흔들며 공포에 차서 노래를 불렀어. 처음엔 경찰들도 놀라 주춤하더라고. 그러더니 나중엔 주동자를 내놓으면 다들 무사히 귀가시켜주겠다고 꼬시더라고, 치사하게. 우스운 거 아니니? 우릴 위해 앞장서서 싸우던 동료를 내놓으라니. 우릴 뭘로 보고. 우린 우리 모두가 주동자라고 소리쳤어. 그때부터 인정사정 보지 않고 무자비하게 끌고 가더라고. 하이고야. 어떻게든 서로 떨어지지 않으려고 안간힘을 썼지만 다 소용없었어. 경찰들이 방망이로 막 내려찍고 머리채를 잡아채 끌고 가는 데는 당해낼 재간이 없더라고. 연행 버스를 못 가게 하려고 바퀴 밑으로 들어간 경자는 몽둥이로 얻어맞고 끌려나와 버스 안에 내팽개쳐지기도 했어. 우린 우리의 권리인 노조 활동을 지키려고 했던 것뿐인데 그렇게 돼버렸어."

선자의 긴 얘기를 믿을 수 없었다.

"언니, 정말 경찰이 우리가 옷을 벗었는데도 막 끌고 갔다는 거야? 그게 정말이었다구?"

명숙이 술이고 잠이고 다 깬 말간 얼굴로 물었다. 어두웠는데도 다 보였다.
 "응, 지금도 상상이 안 되는데 가끔 꿈에서는 너무 선명하게 그 감정이 살아나. 그때는 놈들이 그 더러운 손으로 우악스럽게 잡아채고 끌고 가는데, 나중에 보니 여기저기 온통 멍투성이더라고. 그게 멍이 아니라 그놈들의 더러운 눈빛 같아서 얼마나 씻고 또 씻었는지 몰라. 그해 여름엔 아무리 더워도 밖에서는 반팔을 입지 못했어. 멍이 지워진 뒤에도 그 팔을 햇빛에 보일 수가 없더라고. 그때 생각만 하면 치받혀 올라와서, 억울하게 치받혀 올라와서는 내 온몸을 조여."
 선자가 울음 섞인 목소리로 말했다. 명숙이 선자를 안았다.
 "그 말을 듣는 우리도 이렇게 가슴이 뛰고 무서운데 그 자리에 있었던 언니들은 얼마나 끔찍했을까."
 미은도 울먹이며 선자를 안았다.
 "병원에 실려 간 사람도 있어. 정신치료를 받게 된 사람도 있고. 다들 처음 당해보는 횡포, 폭력이었으니까. 지금 생각해도 이렇게 끔찍한데 그 현장에서 쿵, 쿵, 쿵, 한 걸음씩 다가오던 경찰은 얼마나 공포스럽던지. 그때 서로 팔짱을 끼고 버티지 않았다면 다 제정신이 아니게 됐을 거야. 난 사실 지금도 군홧발 소리만 들으면 가슴이 벌렁벌렁해. 너무 무서웠거든. 그렇게 많은 경찰을 가까이에서 본 적도 없고. 정말 끔찍했어."

"나라면 절대 그렇게 못할 거야. 너무 무서워."

명숙이 고개를 흔들었다.

"다들 그렇게 말하더라고. 근데 막상 그 상황에 닥치니까 생각이고 뭐고 눈에 뵈는 게 없더라고."

미은이 노동자라는 말을 다시 생각했다. 그 말에 당당하기 위해 해야 하는 각오에 대해서도 생각했다. 그건 관념도 이념도 아니었다. 그건 삶이었다.

얼마 지나지 않아 분개하던 명숙이 코를 골았고, 선자 숨소리도 고르게 들렸다. 선자는 그날, 그 아비규환과도 같았던 그날, 어둠이 내려앉은 노조 사무실 앞 잔디 위에 흩어져 있던 찢어진 작업복과 작업모, 구겨진 운동화, 머리핀들을 보는데 그때야 눈물이 터지더라고 했다. 현장에 내려앉던 어둠이 차라리 고마웠다고. 미은은 오래도록 잠을 이루지 못했다.

여성 지부장이 당선되면서 많은 것이 바뀌었다. 선자 같은 사람들이 노조에 있으면서 앞장서서 싸워준 덕분에 생리휴가를 찾아 쓸 수 있게 되었고, 월차를 내고 쉴 수 있게 되었다. 식당 메뉴도 달라졌고, 점심시간도 생겼다. 예전엔 작업복을 갈아입을 탈의실이 없어 공장 한쪽 구석에서 가리고 옷을 갈아입었고 입고 온 옷을 봉지에 담아놔야 했다. 점심시간이 따로 없어 후다닥 뛰어가 단무지에 밥을 몇 숟갈 떠 넣고 돌아와서 다시 일을 해야 했다. 생리통에 아파 죽을 거 같아도 휴가를 쓸 수 없었다. 노조가 회사를 상대로 싸웠기 때문에 얻을 수 있었고 바뀐 것이다.

선자의 강단에 깜짝 놀랄 때가 많았다. 회사 측 남자들이 능글맞은 눈빛으로 비비 꼬고 후벼 파며 멸시하는 말을 내뱉을 때면 아직도 미은은 죄지은 것처럼 몸이 움츠러들었다. 저들이 정당하지 못하다는 걸 알면서도 미은은 분한 마음에 눈물이 먼저 맺혔다. 선자는 그런 미은을 다독였다.

"우리 잘못이 아냐. 저런 쓰레기 같은 놈들이 쓰레기 같은 말을 내뱉을 땐 냄새 나는 쓰레기장을 비켜 가면 돼. 저들이 힘이 세다고 약한 여자들한테 더럽고 비겁하게 구는 게 얼마나 치졸한 짓인지 모를 리 없지. 그니까 그 비겁한 걸 가리려고 더 패악을 부리는 거고. 저런 것들이 제집에 가서는 가장 노릇을 하겠지. 제 마누라나 안 패면 다행이겠네."

미은이 언젠가 자유공원에 올랐다가 회사 남자 직원을 본 적이 있었다. 길을 가다 보면 공장에서 이런저런 안면이 있는 사람들과 마주치는 건 예사였다. 그때마다 알은척도, 모르는 척도 애매했다. 상황에 따라, 상대방의 태도에 따라 인사를 하거나 그냥 지나쳤지만 그런 일들이 매번 불편했다. 그러니 그날 남자 직원을 본 것이 특별한 일은 아니었다.

그는 공원을 오르는 길 한쪽에서 아이에게 미끄럼을 태워

주고 있었다. 한쪽이 공원 벽이라 그늘진 탓에 얼마 전 내린 눈이 녹지 않고 얼어 있었다. 그는 그곳에서 한 손에는 끝 쪽을 새끼줄로 묶은 비료 포대를 들고 다른 손으로는 네 살이나 다섯 살쯤 돼 보이는 아이의 손을 잡고 위로 올라가고 있었다. 미은은 그를 알아보았지만 모른 척했다. 그가 미은을 알 리 없었지만 목도리 속으로 얼굴을 더 묻었다. 자아, 내려간다아. 뒤에서 그가 외쳤고, 미끄럼을 타며 내려오는 아이의 웃음소리가 뒤에서 들려왔다. 또, 또 태워줘.

쌍년들. 공장에서 그는 패거리를 지어 다녔고, 거침없이 욕을 내뱉었고, 노조 사무실 앞에서 일부러 가래침을 소리 나게 끌어올려 뱉었다. 그는 전에 대의원이었지만 이번에 나왔을 때는 떨어졌다. 그전에 노조를 장악하고 있던 위원장을 비롯한 남자 대의원들이나 공장 관계자들 누구도 여성 대의원이 대거 선출되리라고 짐작도 못했다가 이미 한 번의 패배를 맛보았다. 선자를 비롯해 노조를 바꿔내기 위해 철저하게 대의원 선거를 준비해온 사람들만이 변화하는 분위기를 알고 있었고 당선되었다고 한다. 그건 그냥 당선된 정도의 일이 아니었다. 사회는 여성들이 어떤 식으로든 직책을 맡는 것을 용납하는 분위기가 아니었다. 같은 여성들도 마찬가지였다. 여성이 대의원이 된다는 것은 그 틀을 깨는 것이었다. 미은이 다니는 공장의 노조는 우리나라에서 처음으로 여성 지부장을 선출했다. 그 애기를 할 때 선자 얼굴에 떠오르던 득의만만한 자부심을 잊을 수 없다.

"누구도 하지 못했던 걸 우리 노조가 해냈다는 거잖아! 이건 말이야, 역사적인 일이라고."

선자 얼굴에 번지던 환하고 강단 있는 미소.

그렇게 패한 뒤로 남자들은 노골적으로 노조 일에 적극적인 여성 노조원들을 적대시했다. 그 남자 직원도 마찬가지였다.

미은은 그렇게 지나쳤던 그가 왜 가끔 떠오르는지 몰랐다. 자아, 내려간다아. 아이에게 신호를 보내던 그 말에는 장난기가 가득했다. 인상을 쓰며 욕설을 내뱉을 때와는 전혀 다른 목소리였다. 미은이 사람을 잘못 본 것인가 돌아볼 정도였다. 노조에서 한 달에 한 번 생리휴가를 줘야 한다고 요구할 때도 그는 멘스가 묻은 기저귀를 보여주는 사람한테만 생리휴가를 줘야 한다고 능글거렸다. 더러운 새끼. 선자가 그를 향해 나지막하게 내뱉는 걸 미은도 들었다.

우리끼리 야유회를 가자고 했다. 여름이니까. 어디든 시원한 곳으로 가자고 했다. 공장도, 집도 찜통이 따로 없었다. 물망초 모임이 끝나갈 때 놀러 가자는 말에 경미가 갑자기 책상을 치며 장단을 맞춰「고래사냥」노래를 불렀다.

술 마시고 노래하고 춤을 춰봐도 가슴에는 하나 가득 슬픔

뿐이네에

그러자 다들 경미와 호흡을 맞춰 함께 노래를 불렀다.

무엇을 할 것인가 둘러보아도 보이는 건 모두가 돌아앉았네 자 떠나자 동해바다로 삼등삼등 완행열차 기차를 타고오오오

이쯤 되자 선자까지 노래에 합류했다.

우리도 놀러 가자, 응? 그래, 우리라고 놀러 못 갈 건 뭐야. 이왕이면 좋은 데로 가자. 기차 타고 멀리 가자. 맨날 공장에서만 지내긴 너무하잖아. 우리가 누고? 나를 잊지 말아요. 물, 망, 초.

물망초를 말할 땐 다 같이 소리 지르듯 외쳤다. 다들 그 어느 때보다 의견들이 많았고, 그런 의견을 내놓을 수 있는 자리여서 신났다. 김밥을 싸가자는 의견부터 이런저런 제안 뒤에 모두 눈에 띄게 빨간색 옷을 입자는 의견까지 내놓자 급기야 다들 미쳤나, 하는 반응이 나왔다. 말을 뱉고 나니 야유회가 참을 수 없이 기다려졌다. 결국 야유회를 가기로 결정했다. 어디로 갈지, 어떻게 놀지, 몇 시에 모였다가 몇 시에 돌아올지 등의 문제는 결국엔 선자에게 맡기기로 했다. 회원들은 시간 날 때마다 선자에게 어디로 갈 건지 물었다.

"너는 어디 가고 싶은데?"

정작 선자가 그렇게 물었을 땐, 다들 그저 좋은 데, 최고로

좋은 데 하고 말했다.

"최고로 좋은 데, 어데?"

"언니는 꼭 그렇게 캐물어야겠어? 언니가 가자는 데는 어디든 최고로 좋은 데지."

누군가 대답했다. 선자는 처음엔 그 말이 자신에 대한 신뢰인 줄 알았다. 나중에야 장난으로라도 그렇게 물어서는 안 된다는 걸 알았다. 그녀들에게는 최고로 좋은 데가 어디인지 비교할 장소조차 없었다. 제대로 놀러 가본 적이 없었다. 공장과 집 주변만 맴돌았다. 그나마 동네에 자유공원이나 만석부두라도 있는 게 얼마나 다행인지 몰랐다.

기차가 아니라 배를 타고 가자고 했다. 바닷가 근처에 살아도 정작 배를 타보기 어렵지 않느냐고, 섬에도 가본 적 없지 않느냐고. 선자가 가까운 섬에 들어가 우리끼리 실컷 웃고 떠들고 뛰어노는 건 어떠냐고 얘기했을 때 모두 좋아했다. 선자의 탁월한 선택이었다. 회비도 걷고 준비할 목록도 짰다. 그러는 동안 마음이 더 설렜다.

월미도 선착장에서부터 갈매기들이 끼룩대며 배를 따라왔다. 모두 바닷바람을 맞으며 새처럼 재잘댔다. 끼룩대는 괭이갈매기가 아니라 부산스럽게 가지를 옮겨 다니는 참새처럼 떠들었다. 누군가 새우깡을 사왔고, 새우깡을 든 손을 높이

쳐들면 갈매기들이 채갔다. 갈매기한테 주지 말고 우리 먹자, 아깝다. 몇 개는 갈매기들에게 줬지만 대부분 우리 입으로 들어갔다. 아가씨들, 그러다 잘못하면 갈매기 똥을 맞는 수가 있어요. 배 직원이 지나가다 웃으며 끼어들었다. 다들 또 까르르댔다.

"엄마얏!"

말이 끝나기 무섭게 갈매기 한 마리가 순식간에 물똥을 갈기며 지나갔고, 기자의 티셔츠 어깨와 가슴 쪽에 묻었다. 갈매기 똥을 맞은 기자보다 바로 옆에 있던 명숙이 먼저 소리를 질렀다. 기자가 어쩔 줄을 모르자 선자가 잽싸게 메모장을 뜯어서 우선 똥을 떼어냈고, 손수건을 적셔와 닦았다.

"어떡해."

기자가 인상을 쓰며 울먹였다.

"일부러 똥꿈 꾸려고 애쓰는 사람도 있는데 새한테서 똥을 맞았으니, 돈벼락 맞는 거 아냐? 냄새도 안 나네."

선자가 말했다. 기자가 인상을 쓰면서 옷에 코를 대고 냄새를 맡았다.

"겨우 코앞의 섬을 가는데 그 와중에 새똥을 맞다니. 너 참 대단하다 얘."

"기자야, 이따 까먹지 말고 꼭 복권을 사. 당첨되면 우리들한테도 나눠주고."

다들 어이없는지 삐긋삐긋 웃으며 기자를 달랬다.

갈매기를 피해 객실 안으로 들어가자마자 곧 섬에 도착한다는 안내방송이 나왔다. 배를 타자마자 뱃멀미할 사이도 없이 도착했다. 섬에는 피서객들로 가득했다. 명숙은 바다가 좋다고, 바다만 보면 막힌 속이 뚫린다고 끝까지 선실로 들어가지 않고 바닷바람을 맞았다. 작약꽃처럼 보이는 섬이라 작약도라 이름 붙은 섬이었다. 명숙의 둥근 빵모자처럼도 보였다. 누군 섬이 호빵처럼 생겼다고도 했다. 그 말을 듣고 보니 그렇게도 보였다. 섬 중앙쯤에 흰 등대가 얼핏 보이는 작고 아담한 섬이었다.

"이쁜 아가씨들, 잘해줄게 회 한 사라 하고 가."

섬에 내리자마자 가건물에 천막을 치고 회를 파는 가게 주인들이 나와서 호객행위를 하며 붙잡아, 뿌리치느라 애를 먹었다.

우리더러 이쁘대. 기자가 갈매기 똥 사건은 벌써 잊고 킥킥댔다. 섬은 육지에서 보던 것처럼 크지 않았다. 섬을 돌다가 중간쯤 적당히 모여 앉기 좋은 곳에 자리를 잡았다. 가방에서 가져온 것들을 풀어냈다. 김밥은 그 와중에도 배 안에서 다 먹었다. 혹시라도 쉴까 봐 아침용으로 얼른 푼 것이다. 미은은 선자와 아침부터 김밥을 싸느라 정신이 없었다. 선자는 미은의 손끝이 야무지다고 했다. 재료는 선자가 준비하고 미은은 주로 쌌다. 재료라야 신 김치를 물에 씻어 꼭 짰고, 어묵을 썰었다. 큰맘 먹고 산 소시지도 넣었다. 신 김치를 꼭 짜서 참기름과 설탕만 조금 넣으면 김밥 속으로 최고였다. 김이 안 좋아 터지지 않게 하려면 요령이 필요했다. 명숙은 화장을 하다 말고 김밥 꽁지가 나올 때마다 재빠르게 가져다 먹었다. 미은도 썰다가 터져 어쩔 수 없는 김밥을 먹었다. 김밥은 언제든지 먹고 싶은 순위에 들었다.

물놀이 조금 하고, 노래 부르고 그러다 미스물망초 선발대회를 열었다. 다들 꽃무늬 스카프를 두르고 입술을 더 진하게 바르고, 섬에 피어난 꽃들을 머리에 화관 대신 꽂았다. 미스코리아대회에 출전한 선수처럼 엉덩이를 실룩거리며 도도하게 걸었고, 고개를 쳐들고 미소를 지었다. 아무리 그래도 처음부터 정해졌다는 듯 명숙이 뽑혔고, 명숙인 해변 끝까지 런웨이를 걷듯 행진하고 돌아왔다.

"미스동일보다 미스물망초가 훨씬 낫네."

기자가 말했고, 모두 웃었다. 사실 사전에 짜놓은 각본이었다. 명숙도 모를 리 없었다. 그래도 명숙은 그 어느 때보다 당당하게 걸었다. 모두 미스코리아처럼 일렬로 서서 단체 사진도 찍었다. 눈이 부시게 환했다.

배를 타기 전 섬을 돌아보았다.

"원추리다."

명숙이 백합처럼 생긴 작고 노란 꽃을 보고 말했다. 원추리.

"이쁘지? 야가 이렇게 새초롬하게 노랗게 피는데 좀 웃긴다. 꽃이 하루밖에 안 가. 하루를 피자고 그리 노랗게 애를 쓴다."

"어떻게 그렇게 잘 알아?"

미은이 물었다. 명숙이 꽃을 아는 게 신기했다. 그런 쪽으로는 영 관심 밖처럼 보였다.

"야가 여름 될 때쯤 우리 동네 돌산에 드문드문 피거든. 그기 너무 예쁜 거야. 산이 영 볼품없어 꽃도 뭐도 별로 없어. 그러니 야가 피면 멀리서도 내 눈에 확 띄어. 너무 예쁜 거야. 꽃대를 올려 노랗게 꽃이 펴서는 나 좀 봐달라 하는 거 같아. 집에서 더 볼라고 꺾어 오면 다음 날 꼭 시드는 거야. 몽우리졌던 것도 하루 겨우 피고 죽고. 꺾어서 그런가 했더니 원래 그렇다더라. 하루뿐이 안 핀다고. 엄마가 봄에 야 잎으로 새콤달콤 나물도 해줬는데 내 입에 맛은 뭐 별로더라. 하루를 펴도 꽃이 얼매나 이쁜지, 산을 통틀어 젤 예뻤다. 얠 보니 고향 생각난다."

꼭대기랄 것도 없는 야트막한 섬의 정상 한가운데에 흰 등대가 있었다. 차례로 계단을 밟고 위로 올라갔다. 등대에서 보니 사방이 다 훤하게 눈에 들어왔다.

"저기가 판유리공장이다."

명숙이 가리키는 곳을 보았다. 멀리 높다란 첨탑 끝에 판유리공장 둥근 급수탑이 보였다. 동네에서도 가끔 보던 탑이었다.

명숙은 문득 석호를 떠올렸다. 자유공원에서 보자마자 제일 먼저 찜했던 남자. 막걸리 잔을 엄지와 검지로만, 그것도 아래쪽으로 아슬아슬하게 잡던 남자, 흥얼거리는 노래가 듣기 좋던 남자. 그날 이후 연락 한 번 없는 남자.

"모래가 어떻게 유리가 되나, 진짜 신기하다."

"솜에서 실이 나오고 실이 천이 되는 건 안 신기하고?"

"그러게 말이야. 생각해보니 다 신기한 일이네."

"저기, 우리가 다니는 공장도 있겠지. 정말 좋다. 공기가 너무 달라. 맨날 찌들어 있던 내 가슴이 오늘은 호강하네. 우리 이 공기라도 잔뜩 배부르게 마시고 가자."

다들 숨을 크게 내쉬었다.

놀다 보니 어느새 배 출발 시간이 다 되었다. 다들 아쉬워했다. 잠도 제대로 못 자고 출근해야 하는 야간조 사람도 있었다. 선착장에 나가 배가 들어오길 기다렸다. 누군가 이렇게 나서면 되는 일인데 우린 참 놀 줄도 모르는 바보라고 했다.

"우리가 와 놀 줄 모르나? 돈이랑 시간이 없어 못 노는 거지. 이렇게 놀면 논다."

또 놀러 가자고 했지만, 마음은 배가 부르기도 했고, 쓸쓸

하기도 했다.

이렇게 놀 수 있는데…… 미은은 멀어지는 섬을 바라보며 속으로 중얼거렸다. 겨우 한나절인 셈인데 같이 놀러 갔다 온 것만으로 훨씬 친해진 기분이었다. 우린 물망초, 우린 하나다. 오늘 만든 구호였다.

석호가 왔다.
집 앞에 석호가 서 있었다. 더 정확하게는 옆집 골목으로 향한 담 쪽이었다. 사람이 서 있을 거라고 생각하지 못했고, 그렇게 서 있는 사람이 석호일 거라고는 더더욱 생각할 수 없었다. 대문을 열고 들어가려던 명숙을 뒤에서 누군가 불렀다. 명숙은 석호를 생각하지 않았는데 누군가 우렁우렁한 굵고 낮은 목소리로 자신의 이름을 부를 때, 놀랄 만큼 가슴이 뛰었다.
석호가 왔다.
그날 공원에서 만났고, 명숙은 처음부터 석호를 찜했고, 자주 눈길을 주었지만 석호는 그러지 않았다. 눈길이 마주치면 피했다. 그러는 동안 명숙은 자존심이 상했다. 미스동일 선발대회에서 굽이 부러졌을 때, 굽만 부러진 게 아니라 명숙의 마음도 다쳤다. 그때 선자나 미은이 있었지만 석호가 곁에서 위로해주었더라면 하는 생각도 했다. 그건 상상 속에서 명숙이 부풀린 석호의 마음이었다. 그걸 잘 알고 있었는데도 그런 마음이 드는 건 어쩔 수 없었다.

　석호와 다시 만날 약속도 없었다. 다 같이 만나고 헤어졌으니 그를 따로 보기도 어려웠다. 말로는 다들 다시 한번 만나서 놀자고 했지만 나서는 사람이 없다 보니 만날 날이 잡히지 않았다. 스스로 마음을 정리하는 수밖에 없었다. 미은이 어떻게 그렇게 한 번 본 사람에게 빠질 수 있냐고 했다. 그의 무엇이 그렇게 좋냐고도 했다. 모른다고 했다. 둘러대는 말이 아니라 정말 모르겠어서 그렇게 대답했다. 명숙은 곰곰이 생각해봤다. 그의 무엇이 그리 좋은가.

　사실 남들이 볼 때는 명숙이 연애를 많이 했을 거라고 짐작하지만 정작 연애를 해본 적이 없었다. 치근대거나 접근하는 남자들이 없었다. 선자는 명숙이 너무 예뻐서라고 했고, 미은은 언니가 좀 쌀쌀맞아 보이는 인상이라 지레 겁을 먹고 접근을 못하는 거라고 했다. 다 필요 없었다. 명숙은 앞뒤를 재지도 않고 따지지도 않았다. 그냥 마음이면 되었다. 그걸 아무도 몰랐다. 석호가 집 앞에서 명숙의 이름을 불렀을 때, 명숙은 그 짧은 순간 심장이 얼마나 크게 뛰던지 스스로 놀랐다.

　석호는 찻집에서 불쑥 무언가를 내밀었다. 신문지에 싸인 그것은 아무리 봐도 다른 어떤 걸로 상상이 되지 않는, 상상의 여백이 없는 납작한 막대였다.

"이게 뭐예요? 막대기 같은데요?"

신문지를 벗기자 나타난 것은 유리로 만든 30센티미터 자였다. 투명한 유리에 1밀리미터 간격으로 섬세하게 줄이 그어져 있고, 5센티미터마다 숫자 표시가 돼 있었다. 맑고 깨끗한 자였다. 나무막대나 플라스틱이 아니어서 깨질까 봐 겁이 나는 자였다. 자라니. 이걸 선물로 봐야 하나, 고맙다고 해야 하나. 명숙은 대략 난감해 피식 웃었다. 자를 쓸 일도 없었다.

"이거 어디 가도 못 구하는 겁니다. 우리 공장에서 창립기념일에 특별히 만든 거거든요. 이 자를 받는 순간 딱 명숙 씨가 떠오르지 뭡니까. 이거 이래 봬도 아무나 가질 수 없는 거예요. 한정판이거든요."

유리 자가 대단한 무엇이라도 되는 듯 말했다.

"그럼 이거 주려고 만나자고 한 거예요?"

"예."

명숙은 적이 실망했다.

"이거 자세히 봐보세요. 자 위에 눈금을 찍은 게 아니라 일일이 다 파낸 거예요. 이거 쉽지 않거든요. 너무 멋지지 않아요?"

"네, 아주 멋지네요."

명숙은 울 것 같은 기분으로 말했다. 이러다 정말 울어버리는 건 아닐까 싶었다. 그의 목소리로 두근거렸던 심장은 거짓인 것만 같았다. 명숙이 아무리 그래도 이건 아닌 거 같아 가방을 들고 일어서려 할 때 하필 커피가 나왔다. 명숙은 뜨겁고 쓴 커피를 단숨에 마셨다.

"먼저 갈게요. 저는 이런 귀한 자는 쓸 일이 없을 거 같네요. 새긴 눈금에 때 끼지 않도록 잘 챙기세요."

커피까지 마시고 나자 이제 더 이상 볼 일도 없을 것 같았다. 명숙은 스스로 키운 환상에 갇혔다가 깬 기분이었다. 차라리 만나지 말 걸 그랬다는 생각이 들었다. 명숙이 일어서자 당황한 석호가 서둘러 유리 자를 신문지에 싼 뒤 따라 나왔다.

"잠깐, 잠깐만요. 명숙 씨 만날 구실을 찾느라 그랬어요."

석호가 명숙의 팔을 잡고 숨이 차서 얘기했다.

"왜 구실을 찾아요. 그냥 오면 되죠."

"정말 모르시는 거예요? 얼마나 용기를 내야 명숙 씨 얼굴을 마주 볼 수 있는지?"

처음에 명숙은 석호가 자신을 놀리는 줄 알았다. 석호의 표정이 진지했다. 그제야 명숙의 표정이 누그러졌다. 그래도 그렇지, 유리 자가 뭐란 말인가.

"전 그런 거 몰라요. 물론 제가 예쁘기야 하지만, 우린 그저 남자와 여자일 뿐이에요. 뭐가 더 필요한가요?"

석호의 얼굴이 환하게 펴지는가 싶더니 명숙의 손을 불쑥 잡아 제 작업복 주머니에 넣고 걸음을 옮겼다. 명숙도 못 이기는 척 따라 걸었다. 석호와 함께 집 방향으로 걷는 동안 처음 만났을 때의 모습이 불쑥불쑥 튀어나왔는데 그때마다 명숙은 혼자 웃었다. 투명한 유리 자의 눈금처럼 명숙의 마음에 석호가 한 줄 한 줄 그어졌다. 선명한 검은 줄은 아름다웠다.
"명숙 씨는 파꽃 본 적 있어요?"
"그럼요. 대파 대가리, 아니 대파 꼭지에 동그랗게 조그만 공처럼 피잖아요."
"제가 저 아래 남쪽 끝이 고향인데 파밭이 아주 넓었어요. 대파가 푸르게 펼쳐져요. 여름이면 굵고 튼실하고 꼿꼿하게 뻗은 대파 끝에 둥근 파꽃이 매달리는데 그럼 무슨 일이 벌어지는 줄 아세요? 파꽃 주위에 수백, 아니 수천 마리의 벌들이 모여들어 날갯짓을 하는데 붕붕거리는 소리가 얼마나 크게 들리는지 몰라요."
명숙은 석호가 왜 이런 얘길 꺼내나 싶었다. 싱거운 사람이라는 생각이 들었다. 난데없이 유리 자를 내밀더니 이젠 또 파꽃에 벌이라니. 그게 뭐 어쨌다는 건가. 설마 나중에 꽃다발 줄 일 있을 때 파꽃을 주는 건 아니겠지. 명숙의 마음을 읽기라도 한 듯 석호가 말했다.
"지금 제 머릿속에는 그때보다 더 많은 벌들이 붕붕대고 있어요. 제 머릿속이 명숙 씨 생각으로 온통 붕붕붕 터질 지경이에요."

명숙이 멈춰 섰다. 석호도 따라 섰다.

"그런데 왜 이제야 나타나요."

"말했잖아요. 아까, 그……"

명숙이 얼른 석호의 입술에 자신의 입술을 갖다 댔다. 석호가 놀라는 사이 명숙은 다시 그의 입술에 입을 맞췄다. 석호가 명숙을 꽉 끌어안았다.

명숙이 헤어지기 전에 가방에서 종이 한 장을 꺼내 석호에게 주었다.

"이게 뭐예요?"

"유리 자에 대한 보답이오. 뭔지 몰라요? 팔백만 원이잖아요."

명숙이 말했다. 문득 헤어질 때 명숙도 석호에게 무언가 주고 싶다는 생각이 들었다. 가방 안에 무엇이 있나 생각해봤다. 없었다. 퇴근하는 길이었으니 기껏해야 손수건이나 있을까. 그러다 복권에 생각이 미쳤다. 명숙이 매주 사는 복권. 복권을 사고 일주일을 기다리며 당첨되면 그 돈을 어떻게 쓸까 궁리를 하다 보면 그 큰돈도 모자랐다. 그래도 꿈꾸는 동안 명숙은 평소에는 하지 않을 상상을 하는 게 행복했다.

복권을 산 저녁에는 당첨금 팔백만 원으로 무얼 할까 생각했다. 당연히 먼저 가족이었다. 가족들에게 절반 이상을 나눠주고 조그만 집을 얻고 집 안에 들일 장롱을 사고. 그런 상상을 하는 게 즐거웠다. 그러면 꼭 당첨될 것만 같았다. 그러나 매주 당첨 번호를 맞춰보고 여섯 자리 숫자 중 맞는 숫자가 거의 없는 것을 확인할 때마다, 그게 얼마나 꿈같은 일인지 생각했다. 하지만 복권 사는 일을 멈추지 않았다. 매주 한 장씩 복권을 사는 것이 부담이 되지 않는 건 아니지만 일주일 동안 복권에 당첨되는 상상을 하고, 기다리며 설레고 싶었다. 언젠가 꼭 복권이 당첨될 것도 같았다.

명숙은 유리 자를 내미는 사람이라면 복권을 준다고 해서 허영에 찬 여자라고 생각하지 않을 것 같았다. 석호가 복권을 받아 들고 웃었다.

"복권은 말만 들어봤지 처음 봅니다. 와, 요 종이 한 장이 팔백만 원이라니. 이거 당첨되면 상금 타서 같이 쓰는 겁니까?"

명숙이 고개를 끄덕였다.

"꼭 당첨될 것만 같습니다. 아, 그러다 정말 맞으면 어쩌죠? 좀 무서울 거 같은데."

"무섭다니요. 돈이 뭐가 무서워요."

"그렇지만 갑자기 많은 돈이 생기면……"

"그런 고민은 당첨된 뒤에 하고요. 부정 타요. 이 돈으로 뭘 할까, 그런 고민만 하면 돼요. 딱 그것만. 그러면 기분이 아주 좋아지거든요."

석호가 복권을 점퍼 안주머니에 소중하게 넣었다. 문 앞에서 헤어질 때 석호가 명숙의 손을 아쉬운 듯 한 번 잡았다가 놨는데 명숙은 석호의 손에서 전해져오는 그 떨림조차 너무 좋았다.

"왜 이렇게 늦은 거야? 늦는다는 말 없었잖아."

방으로 들어서는 명숙을 보고 미은이 물었다. 명숙이 조심스럽게 신문지를 펼쳐 유리 자를 보였다.

"이게 뭐야? 자 아냐?"

"그냥 자 아니고 유리 자."

"그러니까 이 유리 자가 뭐냐고. 학생도 아니고 자를 쓸 일이 뭐가 있다고."

"선물 받았어."

"유리 자를? 누가?"

몇 초의 시간이 흘렀을까, 동시에 눈을 마주치며 의미심장한 미소를 지은 뒤 곧이어 미은이 꺄악 즐거운 비명을 질렀다.

"석호 씨, 만났구나?"

명숙은 신이 나서 고개를 끄덕였다. 누군가에게라도 그동안 열렬히 기다렸던 사랑이 이제 막 피어나고 있다는 걸 자랑하고 싶었다. 명숙이 놀라는 미은과 함께 손뼉을 치며 좋아했다. 밤새 혼자 피식피식 웃으며 석호가 자를 내밀던 순간을, 입을 맞춘 뒤 붉게 달아오르던 얼굴을, 자신의 손을 잡아 주머니에 넣던 석호의 거칠고 듬직하던 손을 되새겼다. 또 생각하고 또 생각했다. 아주 조그만 것도 놓치고 싶지 않았다. 내일 새벽 출근해야 한다고, 빨리 자야 한다고 주문처럼 되뇌었지만 생각은 자꾸 석호에게로 선명하게 다가갔다. 잠이 오지 않았다. 피곤하지도 않았다.

7

종을 치고 내려와 성당 문을 여는데 신부님이 급한 걸음으로 오시는 게 보였다. 인사를 드렸다. 차 한잔하고 가라고 하려고 종소리가 끝나자마자 달려왔다고 했다.
"벌써 저녁 종을 친 지도 꽤 됐지?"
"예."
종을 친 지도 육 개월이 가까워오고 있었다. 신부님을 만나러 가려는데 마침 신부님이 태오를 찾은 것이다.
"신부님은 어떻게 신부님이 되실 생각을 하셨어요?"
태오가 어쩌면 무례할 수 있는 질문을 툭 던졌다. 그런 질문도 신부님이라면 받아주실 것만 같았다. 요즘 태오 자신에게 묻고 또 묻는 질문이기도 했다. 신부님을 만나면 꼭 물어보고 싶었다.

"사제가 될 생각인가?"

"아직 잘 모르겠습니다."

"스테파노가 주교관에서 태어난 게 엊그제 같은데 벌써 이렇게 커서 복사를 맡고 종을 치니 참 대견해."

신자들도 태오를 보면 가끔 같은 말을 했다. 주교관에서 태어난 아이. 신자 대부분이 태오의 출생을 알았다. 엄밀히 얘기하면 주교관은 아니었다. 주교님이 머무는 주교관 바로 앞마당에서 머리를 내미는 바람에 태오를 그렇게 불렀다.

만삭의 배를 하고 새벽 미사를 드리던 어머니에게 급작스럽게 진통이 시작됐다. 어머니는 이를 악물고 고통을 참으며 앞마당으로 나왔고, 허벅지를 타고 양수가 흘러내렸다. 봄날이었고, 해가 뜨기 직전이었다. 연둣빛 잔디밭에 눕다시피 한 어머니의 몸을 빠져나오려는 아기의 머리통이 보였다. 누군가 급히 아버지를 불렀고, 아버지가 끌고 온 구루마에 실려 집에 당도하자마자 태오가 태어났다. 조산원도 부를 시간이 없었다. 아버지가 직접 탯줄을 잘랐다. 아버지가 탯줄을 길게 자르는 바람에 태오는 중학생 때까지 배꼽이 완전히 안으로 들어가지 않고 나와 있었다. 근처 바닷가에서 놀다 오는 날은 급박하게 태어난 그날을 상기하듯 어김없이 배가 아팠다.

주교관에서 태어난 아이. 어머니도 태오가 사제가 되길 바랐다. 태오도 가끔 하느님의 종이 된다는 것에 대해 생각했다. 그러나 무엇보다 하느님이 자신을 도구로 쓰고 싶어 하실지 자신이 없었다.

"내가 어떻게 사제가 됐는지가 왜 궁금할까?"

신부님이 빙그레 웃으며 태오를 바라봤다.

"신부님, 주의 음성을 듣는다는 건 어떤 걸까요? 하느님이 저를 종으로 쓰려는 마음이 계시면 어떤 식으로든 말씀해주시겠죠? 하느님의 음성을 듣는다면 동요 없이 그 길을 갈 수 있을 텐데요."

신부님이 태오를 지그시 바라봤다.

"답을 너무 멀리서 구하지 마. 하느님 말씀은 공중에 있는 것이 아니라 발아래, 우리가 사는 세상에 있거든."

태오는 발아래라는 말을 새겼다. 하느님 말씀을 발아래에서 찾으라니.

신부님이 온화한 미소로 대답했다.

"종을 칠 때 정성을 다하듯 그렇게 기도하고 또 기도하면서 네 마음에 귀를 기울여봐. 분명히 원하는 답을 찾을 수 있을 거야."

아침부터 아이들이 모여 교실이며 복도에서 수런거렸다.

중간고사도 끝났고, 특별히 아이들의 관심을 끌 만한 예정된 행사도 없었다. 아이들이 몰려다녔고, 선생들은 회초리를 들고 큰 소리로 아이들을 교실로 몰았다. 누군가가 새벽에 몰래 학교에 들어와 교실마다 책상 위에 유인물을 놓고 갔다고 했다. 무슨 내용인지 확실히 아는 사람은 없었다. 학교에 대한 불만이 아니라 사회에 대한 불온한 선동이 쓰여 있었다고 했다. 강압과 의심과 불신이 팽배해 있던 때였다. 누군가는 경찰이 왔다고도 했다.

태오는 본능적으로 경준을 떠올렸다. 경준의 반에 가보았지만 자리에 없었다. 경준이 어디 갔느냐고 물어도 제대로 아는 아이가 없었다. 아직 등교하지 않은 것인지 알 수가 없었다. 이 일에 연루된 것은 아닐까? 그렇다면 경준은 어떻게 되는 것일까.

교실을 나오는데 뒷문으로 들어오던 경준과 마주쳤다. 아무것도 모르는 듯 태평한 얼굴이었다. 그 얼굴은 오히려 이번 일에 경준이 연관되어 있다는 심증을 굳게 했다.

"어쩐 일이야? 우리 반엘 다 오고?"

대답도 하지 않고 경준의 손을 끌었다. 소각장 뒤편으로 갔다.

"이번 일, 네가 벌인 거야? 너랑 연관 있는 거 맞지?"

"역시 태오네."

경준이 잠깐 태오를 바라보다 말했다.

"왜 그런 거야? 도대체 뭐야?"

경준은 여전히 태평한 얼굴이었고, 조바심을 내는 건 태오였다. 수업을 시작하는 종이 울렸다.

"이따가 도서관에서 보자."

경준이 돌아가려 했다.

"아니, 성당 앞에서 봐."

"성당?"

"전에 한 번 간 적 있잖아. 대로변에 있는 성당, 알지? 거기 나만 아는 아지트가 있어."

경준이 무슨 말이냐는 듯 쳐다봤다.

"와보면 알아."

태오가 서둘러 교실로 가며 말했고 경준이 고개를 끄덕였다.

태오는 아무도 모를 공명실이 마음에 들었다. 다락방에 스며들 듯 공명실에 들어섰다. 깡통도 두 개 준비했다. 불을 밝힐 초를 세워둘 통과 급할 때 해결할 소변 통이었다. 텅 빈 공간에서 태오는 촛불 하나만 켜놓고 공부도 하고 기도도 했다. 아무것도 없는 공간인데 아무것도 없어서 오히려 아늑했다. 허공에 뜬 것처럼 널빤지로 된 바닥이었는데 불안하지 않았다.

공명실 천장 가운데에 덮개가 있었다. 졸리면 공명실에서 일어나 머리 위 천장 가운데 덮개를 밀어 열었다. 종탑 꼭대기 돔 바로 아래 여섯 개의 기둥이 있는 곳이었다. 아무도 태오가 거기 있다는 걸 눈치 못 챌 곳이었다. 태오는 머리 위 덮개를 열고 밖의 밤공기를 마시고 어둠에 잠긴 동네를 내다봤다.

누군가를 이 공간에 들인다는 생각은 하지 못했다. 태오에겐 성스러운 공간이었다. 종교적 의미뿐만 아니었다. 그런데 경준을 데려왔다. 경준이 따라 올라와 밧줄을 바라보고, 밧줄을 따라가다가 매달린 종을 바라보았다. 그러는 동안 태오는 종을 칠 준비를 했다. 여섯시가 다가오고 있었다. 밧줄을 잡았다. 종탑으로 올라오는 동안 왜 여기로 오는지, 뭐 하는 곳인지 묻지 않던 경준이 태오가 밧줄을 잡자 조금 놀란 표정을 했다. 종을 칠 거냐고 물었다. 고개를 끄덕였다. 그리고 여섯 시. 태오는 종을 쳤다.

마지막 종을 치고 잡았던 줄을 천천히 힘을 빼며 놓았다. 매번 종을 칠 때마다 가장 조심해야 하는 순간이었다. 종신이 제자리에 완전히 멈춰 선 다음에야 밧줄을 놓았다. 이마에 땀이 맺혔다.

"놀랐어. 네가 종을 치다니. 그럼 예전 그 종소리도 네가 친 거야?"

"내가 팔뚝이 좀 굵잖아."

태오가 농담처럼 받았다. 사실이기도 했다.

"다시 들어도 대단하다. 저절로 경건해져. 이렇게 가까이서 종소리를 들어본 건 처음이야. 언제부터 종을 친 거야?"

"저녁 종을 친 건 좀 됐어. 예전에 나더러 새벽에 어디 가는 거냐고 물은 거 기억나?"

"그럼 그때도 종을 치러 간 거야?"

태오가 고개를 끄덕였다.

"팔뚝이 굵다고 아무나 종을 치게 하진 않겠지?"

경준이 묵직한 종을 올려다보며 말했다.

태오는 대답 대신 나무 사다리를 올랐다. 경준이 따라 올라왔다. 공명실에 올라 촛불을 켰다. 바람이 없는 공간이라 촛불의 불꽃이 곧게 올랐다.

"여긴 큰 독방 같아. 아니, 기도처인가? 여기도 아무나 올라올 수 있는 데는 아닐 테고."

경준이 구부정하게 서 있다가 머리 위 가운데 천장을 열어 좌판이 즐비한 시장을 내려다보며 말했다.

"여긴 아무도 모르는 곳이야. 어쩌면 신부님도 모를지 모르지. 종을 치다가 발견한 곳이니까. 밤에 여기 와서 혼자 공부도 하고 기도도 해."

"모범생인 줄 알았는데 꽤나 엉뚱한 구석이 있었네. 그런데 여긴 어쩐지 너랑 잘 어울리는 곳 같아."
경준이 다시 한번 빈 공간을 둘러보았다. 잠깐의 침묵. 이상하게 경준과 같이 있으면 침묵이 불편한 게 아니라 마음을 더 깊은 곳으로 향하게 했다.
"오늘 아침에 학교에서 일어난 일……"
"넌 대학을 가겠지? 뭘 전공할 생각이야?"
경준이 말을 돌렸다. 태오는 경준이 먼저 얘기할 때까지 더는 묻지 않기로 했다.
"고민 중이야. 신학이나 문학을 전공하게 되지 않을까. 너는?"
태오의 물음에 경준이 고개를 흔들었다.
"대학에 가지 않으려고."
생각지도 못한 대답이었다. 태오는 그가 철학이나 정치, 외교 쪽으로 지원하지 않을까 생각했다.
"대학을 가지 않겠다고? 그게 무슨 말이야? 넌 공부도 잘해서 웬만한 데는 장학금 받고도 다닐 수 있을 텐데."
"내게 대학은 의미가 없어. 그렇게 한가롭지도 않고. 공장에 들어가겠지. 돈을 벌어야 하니까."
태오에게 대학은 삶에서 정해진 수순이라고 생각했다. 경준은 많은 얘기를 했다. 왜 대학을 안 가려는지, 왜 노동 현장으로 가려는지, 왜 아침에 학교에 유인물을 배포했는지. 경준이 생각하는 사회의 모순, 그걸 바라보는 분노를 느낄 수 있었다.

"우린 아직 미숙하고, 그런 일은 좀 더 커서 사회생활도 하고, 확신이 들 때 천천히 해도 되지 않을까. 공장에 가는 것이 아니라 대학을 나오고 좀 더 나은 자리에서 그들을 위해 봉사할 수 있지 않을까."

"그건 봉사가 아니야. 내 생존에 대한 가장 합리적인 선택이지. 난 선택을 하고 그 선택에 맞게 살아가려고 할 뿐이야. 그건 네가 매일 종을 치는 것과 같은 걸지도 몰라. 종 치는 게 네 사명이라면 노동 현장에 들어가는 건 내 사명이랄까. 장학금으로 대학을 가면 우리 집은 누가 벌어먹여 살리나. 부잣집 과외는 죽기보다 하기 싫고, 매일 더 허덕이겠지. 아버지는 한쪽 팔이 불편한데도 남은 한 손으로 밥상을 자주 엎을 테고, 동생도 학교를 포기하고 울겠지. 내 삶은 늘 여기야. 저 깡통 속 촛불처럼 고요하게 살 수만 있다면 하고 바라지만 늘 요동치지."

8

 미은은 공부를 할 수 있다는 게 말할 수 없이 좋았다. 중학교를 졸업할 때 어떻게 하든 고등학교에 가고 싶어 발버둥을 쳤지만 소용없었다. 엄마를 붙들고 같이 울었다. 그때는 그저 공부를 하고 싶었다. 선자가 같이 공부를 하자고 할 때 무슨 공부를 하는 거냐고 묻지 않고 바로 그러겠다고 대답한 것도 그 때문이었다.
 공부를 할 수만 있다면, 그거면 되었다. 그런데 배우면서 알았다. 배운다는 건 무시당하지 않고 이 세상을 살아갈 힘을 얻는 것이라는 걸. 스스로 힘을 키우고 싶었다. 못 배웠다고 주눅 들지 않고 당당하고 싶었다. 미은은 공부를 할 때 한마디도 놓치지 않으려고 늘 허리를 곧추세웠다. 무언가를 안다는 것 자체가 너무 좋았다. 누군가 고등학교에서도 가르쳐주지 않는 공부라고 했다.

매번 공부보다 토론이 많았다. 공부를 하면 할수록 미은은 두려운 마음이 들었다. 미은이 들어오기도 전에 공장에서 벌어진, 언젠가 선자한테 들었던 그 일에 대해서도 더 자세히 알게 됐다. 회사 측이 지부장 석방을 위한 조합원대회에 참석하지 못하게 기숙사 문을 못질하자 기숙사 창문에서 뛰어내려 농성을 한 일, 남자 직원들이 경찰과 합세해 머리채를 끌고 발길질을 하면서 조합원들을 경찰차에 집어넣을 때 옷을 벗어 저항할 수밖에 없었던 일, 몇 명은 혼수상태로 병원에 입원까지 한 일에 대해.

같이 모임을 하는 사람들을 슬쩍 다시 봤다. 이 사람들이 그런 일을 해냈다니, 그동안 어디에서도 발견할 수 없는 모습이었다. 미은은 공장에서 자주 만나던 언니들이 그런 일의 한복판에 있었다는 게 믿기지 않았다. 그런 일을 겪고도 저렇게 아무렇지 않다니 대단하다는 생각도 들었다. 선자가 말했다. 아무렇지 않은 건 아니라고.

"우린 다만 견뎌냈을 뿐이야. 우리가 원하지 않았지만 우리 앞에 닥쳤고, 우린 그렇게 싸울 수밖에 없었어. 그래야 버틸 수 있으니까. 그래야 앞으로 나아갈 수 있었으니까. 지금도 그렇고."

미은은 슬펐다. 가난해서 공장에 들어올 수밖에 없었지만 열심히 살지 않은 것은 아니었다. 도둑질을 하지도 않았고, 사회에서 지탄 받을 일을 하지도 않았다. 오히려 산업역군이라고 하지 않았던가. 솜먼지 속에서도 못 견디게 더워 소금물을 먹어가면서, 졸린 걸 어떻게든 막아보려고 타이밍을 먹으면서도 열심히 일했다. 그런데 왜 우리는 모든 걸 싸워야만 얻을 수 있는 것일까.

시골에서 올라오면서 성당을 나가지 않았다. 삼교대로 일하니 제대로 주일을 지키기 어려웠다. 단정하게 차려입고 성당에 가는 가족들을 볼 때마다 고향 생각이 났다. 일요일이라도 쉬지 않으면 24시간 돌아가는 방직기계와 다를 바가 없다는 생각이었다. 성당을 다시 나간 건 선자가 끌어서였다.

"신부님은 좋은 분이야. 미사를 우리처럼 공장 다니는 사람끼리 모여서 보자고 하셔. 우리가 도둑질을 했니, 노름을 했니. 뼈 빠지게 일하고 월급 받는 노동자일 뿐인데 우리가 왜 주눅이 들어야 하니."

우리가 왜 주눅이 들어야 하니, 라는 말에 끌렸다. 밤이면 제 마누라 패는 가장도 수두룩했고, 노름에 빠져 살거나 대마초를 피우거나, 제 새끼를 나 몰라라 하는 사람도 많았다. 정직하게 일하면서 사는 미은이 주눅 들 이유는 전혀 없었다.

그렇게 선자 손에 끌려 나갔다. 무엇보다 공부를 할 수 있었다. 누구보다 당당한 선자가 좋았다.

가톨릭노동청년회를 지오세(JOC)라고 불렀다. 프랑스어 Jeunesse Ouvrière Chrétienne의 약자라고 했다. 청년회, 노동자, 가톨릭. 우리 식으로 가톨릭노동청년회였다. 미은처럼 공장에 다니는 사람이 많았다. 같이 어울려 배우고 노는 것이 좋았다. 공부도 하고, 노래도 배우고, 공원에도 놀러 가고, 바닷가에도 갔다. 전철을 타고 처음으로 임금이 살았다는 궁에도 놀러 갔다. 봉사도 했다. 또 지오세 회원이던 경미 아버지가 돌아가셨을 때는 다 같이 장례를 도왔다. 서로에게 힘이 되었다.

미은은 공장에서도 선자를 따라 노조에도 자주 갔고, 선자가 조직하려는 모임을 같이했다. 그럴 때마다 자부심이 생겼다. 선자는 미은이 언제부터 말도 많아지고 목소리도 커졌다고 했다. 미은이 카르댕 추기경이 말한 하느님의 형상을 지닌 모습으로 변해가는 것 같았다.

근로기준법에 대해서 알게 됐다. 일하는 사람을 위한 법이 진즉에 만들어져 있다는 게 놀라웠다. 더 놀라운 건 그걸 미은뿐만 아니라 대부분 그 존재조차도 모른다는 거였다. 그리고 더 놀라운 건 노동자를 고용한 사람들이 그 법을 지키지 않는다는 것이었다.

미은은 모임에서 전태일을 알았다. 자기 몸에 불을 지르다니. 그럴 수 있다니. 어떻게 그럴 수 있나. 근로기준법이 뭐라고 목숨을 거나. 먼 나라 얘기도 아니고 지척인 서울에서 일어난 일이고 오래된 얘기도 아니었다. 미은이 짠 옷감을 가지고 옷을 만들던 공장에 다니던 청년이었고 미은보다 몇 살 더 많을 뿐이었다. 열여덟 살도 안 된 어린 소녀들이 하루 열다섯 시간 이상 햇빛도 못 보고, 제대로 허리도 펼 수 없는 곳에서 일해야 했다. 미은이 다니는 공장보다 더한 곳이었다.

전태일은 나이 어린 여공들에게 최소한 일주일에 한 번이라도 바깥 공기를 마시게 해주고 싶었다고 한다. 하지만 정부도 공장주도 외면했다. 전태일은 죽음을 불사한 항거를 하지 않으면 아무것도 해결되지 않으리라는 절박한 마음에 자신의 몸을 불살랐다. 얼마나 막막하고 답답했으면 제 몸을 불살라야 했을까. 미은은 한 번도 만난 적이 없는 그를 위해 오래 기도했다. 오래 가슴이 아팠고, 고마웠다. 자신 같은 사람을 위해 누군가는 목숨을 바칠 수도 있다는 사실이 가슴 뭉클했다.

미은은 가족보다 더 끈끈한 동료들이 좋았고, 그들과 함께 세상을 알아가는 것이, 자신이 살고 있는 곳에서 벌어지는 일을 아는 것이 좋았다. 그런 것들을 알게 되자 더 이상 자신을 부끄러워하거나 비하하지 않았다. 모임은 생활 중심의 나눔이었다. 미은은 '관찰·판단·실천'이라는 제목의 책자를 받고 6개월간 훈련을 받았다. 지도는 투사 선서를 한 선배들이 맡았다. 내용도 어려운 게 아니었다. 먼저 하느님의 자비하고 냉철한 눈으로 관찰하고, 다음은 하느님의 뜻에 맞추어 판단하고, 그리고 사랑으로 실천하는 것이었다. 혼자라면 미처 몰랐거나 지나쳤을 일들을 '관찰·판단·실천'을 중심에 놓고 보니 할 일이 보였다. 여럿이 일을 해결해나갈 때마다 뿌듯했고, 그럴 때마다 믿음이 쌓여갔다. 카르댕 추기경은 이런 훈련을 통해 지오세 회원 개개인의 변화되는 모습은 그 어떤 혁명보다도 위대하다고 말했다.

선자를 보며 두렵게 선망하던 투사 선서식을 하는 날이 왔다. 처음 투사라는 말을 들었을 때의 거부감은 진즉에 사라지고 없었다. 투사라는 말이 점차 가슴에서 뜨거운 불덩이가 되어 솟아올랐다. 투사 선서는 미사와 함께 진행되었다. 하느님과 신도들 앞에서 투사가 되기로 맹세하는 의식이었다.

신부님은 말했다. 투사는 앞서서 나가는 사람이라고.

"기도하며 노동하세요. 노동이 곧 기도예요, 작업장은 제단이에요. 노동은 그 자체로 하느님께 드리는 제사입니다. 노동이 기쁨의 노동이 되고, 희망의 삶으로 나아갈 수 있도록 지오세 활동을 해나가야 해요. 돈만 중요하고 노동이 천시되는 지금이 우리가 움직일 때입니다. 하느님이 만들어주신 것을 더 좋게 하는 것이 노동자의 일이에요. 하느님의 창조 사업의

협력자로 살아야 해요."

미은은 지오세 투사로서 살아갈 것을 선서하며 설레고 벅찬 감정을 누를 수가 없었다. 두려움도 컸다. 미은은 인간답게 사는 세상에 대해 자주 생각했다. 근로기준법이 있으나 지켜지지 않아 누군가는 몸을 불사를 수밖에 없었던 것처럼, 노동자에게 인간다운 삶이나 세상은 저절로 주어지는 것이 아니라는 걸 가슴에 새겼다.

지오세의 노동자 운동은 노동자 자신이 주체적으로 일함으로써 자신감을 갖고 생활할 수 있도록 하는 것이라고 배웠다. 이제 그 노동자의 주체성으로 노동자들이 처한 상황을 깊게 들여다보고 새로운 변화를 만들어야 했다. 미은은 노동자의 권리가 뭔지, 뭘 주장해야 하는지도 몰랐던 과거와 투사 선서를 하는 지금, 자신이 얼마나 다른 사람인지 잘 알고 있었다.

지오세 선배였던 선자가 가슴에 지오세 배지를 달아주었다. 선자 눈에 눈물이 맺혔다. 석호와 기환, 동재도 투사 선서식에 찾아와 축하를 해주었다. 그러니까 자유공원에서의 만남은 의도된 만남이었다. 자유공원에서 선자의 즉흥적인 제안으로 어울리게 된 것처럼 보였지만, 미은은 나중에야 그들이 근처 도시산업선교회에서 교육을 받은 활동가라는 걸 알게 되었다. 어쩐지. 미은은 고개를 끄덕였다. 그들이 보여줬던 활달한 모습은 스스로 당당한 삶을 사는 이에게서 나오는 것이었다. 이제 그런 모습이 미은에게서도 보일 거라 생각하니 기분이 좋았다. 그때 아무렇지 않게 남자들에게 다가갔던 선자의 행동이 이해되었다. 그렇게 만났는데, 그렇게 만나길 정말 다행이라는 생각이 들었다. 공장에서 일하다가도 어려운 일이 있으면 달려갔다. 그들도 달려와 응원해주었다. 그들이 함께 있다는 생각만으로도 든든했다. 그들이 공장에서 노동자들을 조직하는 일은 미은이 하는 일과 다르지 않았다.

"투사도 되었으니 잘해봅시다."

그들이 손을 내밀었고, 미은이 마주 잡았다. 미은은 이 길 위에서 만난 사람들의 손을 굳게 잡을 생각이었다. 그것이 지오세의 사명이기도 했지만 그렇지 않더라도 사람들이 좋았다. 그들은 비굴하지 않았고, 당당했다. 미은도 더 이상 주눅 들지 않았다. 누구보다 기뻐한 건 선자였다. 선자가 없었다면 미은은 이 자리에 없었을 것이다.

어제 받은 월급봉투를 꺼내 돈을 펼쳤다. 미은이 또 한 달 동안 일한 노동의 대가였다. 정당한 노동의 대가인가를 따지기 전에 자신의 노동으로 돈을 받을 수 있다는 사실이 기뻤다. 그러나 이 돈을 만져보는 것은 단 하루였다. 방세의 일부와 생활비를 제외하고 모두 시골로 보낼 돈이었다. 시골에서는 미은의 월급날만 손꼽고 있을 거였다. 그래도 좋았다. 자신이 번 돈으로 가족이 먹고살고, 동생이 공부를 할 수 있었다. 돈을 버는 것으로 한 사람의 몫을 다한다고 말할 수 있을지 모르겠지만 미은은 자신이 매달 월급을 받고 그 돈을 시골로 보낼 때 마음이 뿌듯했다.

미은은 출근길에 만석우체국으로 가서 우편환으로 돈을 바꿔 시골로 보내고 자유공원에 올랐다. 아직 바람이 찼다. 공원 사진사가 동상 앞에 선 부부를 찍고 있었다. 여자의 볼이 빨갛게 얼었다. 그래도 사진사가 셔터를 누르기 전 마지막 숫자를 셀 때는 활짝 웃었다. 사진사 곁에는 동상을 배경으로 찍은 사진들이 판에 전시돼 있었다. 어느 공원이든 마찬가지겠지만 특히 이 공원은 봄이 좋았다. 지난봄에 벚꽃이 만개할 때 공원에 올랐던 기억이 떠올랐다. 비둘기들이 공원 광장에서 푸드득거리며 날았고, 벚꽃잎이 공원길마다 날렸다. 공원에서 멀리 바다를 볼 수 있었다. 바다를 볼 때마다 가슴이 시원했다.

허름한 옷을 입은 남자가 광장에서 옥수수를 뿌릴 때마다 비둘기들이 소란스럽게 몰려들었다가 다시 날아 집으로 들어갔다. 서둘러 모이를 먹던 비둘기 몇 마리가 사내 손의 먹이를 채가려 했다. 사내가 모이를 모두 던지고 손을 털었다. 미은은 순식간에 몰려들어 소란스럽게 울어대며 모이를 쪼는 잿빛 비둘기가 신기하기보다는 이상하게 두렵다는 생각이 들었다.

구룩구룩 기이한 소리로 울었는데 울음소리도 이상했다.
화수시장은 한산했다. 어깨를 부딪칠 정도로 복잡하고 활기차던 지난가을의 시장이 아니었다. 추워지면서 사람들 발길이 뜸해졌다. 안 사도 좋으니까 한번 와서 보기만 하라던 목소리는 다 어디 갔나. 가을에서 겨울로 접어들면서 채소도 과일도, 생선도 잠잠하다. 그나마 바짝 얼어 무쇠 칼도 제대로 들어가지 않는 동태나 김이 나는 두부가 이 을씨년스러움을 상쇄하고 있었다.
미은은 시장의 활기가 좋았다. 돈이 없어도, 특별히 살 게 있는 것도 아니면서 시장을 배회했다. 시장에 오면 숨이 쉬어지는 것 같았다. 여름에 떨이로 산 멍든 백도가 뜻밖에 너무 달아 셋이 앉은 자리에서 다 먹어치우며 횡재했다고 좋아하기도 했다. 못생기고 부러진 애호박을 사서 새우젓만 넣고 볶아도 맛있어 더 이상 들어갈 자리가 없을 때까지 먹던 기쁨도 시장이 주었다. 무엇보다 시끄러운 소리가 좋았다. 공장의 웅웅대는 기계 소리에 질려 고요가 그립지 않은 것은 아니지만 시장 사람들 소리는 달랐다. 정돈되지 않은 거친 소리가 오히려 따뜻하고 편안했다. 말투 속에, 몸짓 어딘가에 미은과 닮은 모습이 있어 더 그랬다. 내가 속한 세계라는 안도.
미은은 떡을 사 먹고 싶었다. 시장에 올 때마다 방앗간에선 김이 솟았고, 고소한 참기름 냄새가 풍겼다. 기계틀을 빠져나와 아래에 있는 물이 담긴 대야에 몸을 헹군 따뜻한 가래떡을 사 먹고 싶었지만 몇 번이고 망설이다 지나쳤다. 그때마다 먹지 못하는 구실을 만들었다. 그러다 그러는 자신에게 화가 났다. 종일 솜먼지 가득한 공장 안을 종종거리며 끊어진 실을 이어가며 돈을 벌었는데 이 떡 하나를 못 사 먹어 이렇게 망설이나. 자신이 불쌍했다.

시장 안에 들어섰을 때 마주 보는 방앗간에서 떡을 찌는 김이 기세 좋게 솟아올랐고, 그 사이로 참기름 냄새가 옅게 맡아지자 미은은 성큼 그 방앗간으로 향했다. 시장 안에는 방앗간이 여러 곳 있었지만 그 방앗간이 미은을 부르는 것 같았다. 굳지 않은 떡을 뚝뚝 잘라 담아주는 봉지를 받아 들었다.

미은은 자신의 사치를 위해 돈을 쓰지 않았다. 미은에게 사치는 꼭 필요하지 않은 것에서 더 나아가 최소한의 것 이상을 갖는 것이었다. 그러니까 안 입어도 되는 것, 안 먹어도 되는 것을 사는 것이었다. 사치랄 수도 없는, 이런 떡 하나를 마음대로 못 사다니. 미은은 한숨이 나왔다. 미은은 월급이 조금 올랐고, 오른 만큼을 자신의 몫으로 챙겼다. 선자는 진즉에 챙겼어야 했다고 말했다. 야무지고 똑똑한 거 같아도 영 헛똑똑이라고. 미은은 그래도 가족에게 미안한 마음을 지울 수 없었다. 미은은 손에 느껴지는 떡의 무게에 기분이 좋았다. 아가씨가 이뻐서 더 준다는 주인아저씨의 빈말도 싫지 않았다.

"아가씨도 동일대학 다니는겨?"

미은은 방직공장을 대학이라고 부른다는 얘길 들었다. 공장은 크고 넓고 번듯했다. 작업복을 입고 모자를 쓴 여공들은 그럴듯해 보였다.

"어떻게 아셨어요?"

"척 보면 다 알지. 좋은 데 다니누만."

미은은 아저씨의 활달한 미소를 지우기 싫어 굳이 그렇지 않다고 대꾸하지 않았다. 밤에 출근해 새벽까지 일해야 하는 것도, 물을 마셔도 늘 목에 무언가 낀 것처럼 답답한 것도, 종아리가 만질 수도 없이 붓는 날도 많다고 말하지 않았다. 대학이라니. 겨우 중학교를 졸업했는데. 미은이 살던 곳에서는 중학교 졸업도 공부를 많이 한 축에 들었다. 여자니까. 요즘 미은은 생각이 많아졌다. 당연하게 생각했던 것에 물음표를 찍는 날이 많았다. 여자에 대해서도.

갓 뽑아낸 떡의 온기가 손을 따뜻하게 했다. 미은은 시장을 빠져나오다 목사님을 봤다. 저번에 산업선교회에 갔을 때 선자와 같이 목사님을 뵈었다. 쾌활하고 거침없는 여장부 같은 분이었다. 공장엔 산업선교회에 다니면서 미은처럼 모임을 하는 사람들이 많이 있었다. 성당을 다니든, 산업선교회를 다니든 노동자에게 마음을 써주는 분들이 계셨다. 목사님도 예전에 동일방직에 다녔다는 말을 들어서 더 친근하게 여겨지는지도 몰랐다. 미은은 얼른 뛰어가 목사님을 불렀다. 목사님이 자신을 알아볼까 하는 생각도 하지 않았다. 미은은 스스로 놀랐다. 자신이 붙임성이 좋은 편이라고 생각하지 않았는데 목사님을 부르며 뛰어가다니. 목사님의 얼굴에 반가움이 번졌다. 역시 미은의 예상을 빗나가지 않았다.

"목사님, 떡 같이 드실래요?"

미은이 숨을 고르며 떡을 들어 보였다.

"좋죠. 그렇잖아도 배가 고프던 참이었어요. 풀빵을 사 먹을까 했는데 더 좋은 떡이 있네요. 마침 교회에 조청도 있어요. 가래떡엔 뭐니 뭐니 해도 조청이죠."

목사님이 가래떡을 보더니 반색했다. 미은은 가래떡엔 뭐니 뭐니 해도 조청이죠 하고 자연스럽게 내뱉는 목사님을 보며 웃음이 나오려는 걸 참았다. 떡을 살 땐 방 식구들과 먹으려 했는데 미안한 생각도 들지 않았다.

화도고개를 오르자 바람이 차고 매서워 몸이 움츠러들었다. 이 고개는 겨울 동안 늘 바람이 몰아쳐 한 번도 다정하게 느껴지지 않았다. 목사님이 교회 사무실에 들어서자마자 난로에 불을 피웠다.

"조금만 기다려요. 금방 따뜻해질 거예요."

교회 한구석에 나무껍질 땔감이 벽에 기대 있었다. 이 동네 집에선 대부분이 같은 땔감이었다. 목재공장 옆 저목장에 들어온 통나무의 껍질을 벗겨 말린 것이었다. 공장에서도 어차피 원목만 쓰니 동네 사람들이 껍질 벗겨가는 것을 상관하지 않았다. 나무껍질을 벗기는 일은 위험했다. 저목장 원목이 빈틈없이 붙어 있다가도 어느 순간 미세한 간격이 벌어지고 자칫 통나무가 빙글 돌기라도 하면 순식간에 사람이 빠지고, 빠진 자리를 물결 따라 통나무가 메꿔버리면 다시 바다 위로 올라올 자리를 찾지 못해 죽을 수도 있었다.

언젠가 오후 퇴근길에 사람이 빠져 죽었다고 웅성거리는 소리를 들었다. 같이 퇴근하던 명숙이 무슨 일인지 보자고 손을 잡아끌었지만 무서워 서둘러 그곳을 벗어났다. 다음 날 동네 사람들은 그런 일이 있었나 싶게 빠루를 챙겨 들고 나무껍질을 벗기러 갔다. 겨울을 나려면 별수 없었다.

미은은 퇴근길에 저목장으로 향했다. 뭘 어쩌자는 것도 아니었는데 발길이 그쪽으로 향했다. 뭐하러 거길 가나 싶으면서도 발길이 돌려지지 않았다. 당연히 아무런 흔적도 없었다. 미은은 저목장 너머 바다에서 불어오는 바람을 맞으며 사람의 몸보다 몇 배는 더 두꺼운 원목을 타고 앉아 나무껍질을 벗기는 사람들을 보았다. 간간이 떠드는 목소리들 사이로 웃음소리도 들렸다. 디럽게 춥네, 소리를 들으며 미은도 몸을 움츠렸다. 그렇게 벗긴 나무껍질을 마당 한쪽이나 담 밑에 쌓고 말렸다. 그마저도 할 수 없는 집은 땔감을 사는 수밖에 없었다.

교회 사무실 안이 금방 따뜻해져 왔다. 미은은 눈치채지 않게 목사님을 잠깐씩 바라보았다. 따뜻해져 오는 교회 안의 온기처럼 미은의 마음이 따뜻해졌다.

목사님과 이런저런 얘길 하다가 조지 오글 목사님에 대해 들었다. 이곳 인천의 산업선교회를 세운 분이었다. 나중에 억울하게 간첩죄로 몰린 분들의 구명을 위해 애쓰다가 추방당했다고 들었다. 푸른 눈에 잘생기고, 게다가 우리말까지 잘하는 목사님이라고 했다. 처음엔 공장에 들어가 주 예수님을 믿으라고 선교를 했지만 노동자들의 비참한 삶을 여러 번 목격하고 나서는 선교의 방향을 더 나은 노동자의 삶으로 바꾼 분이었다.

"오글 목사님이 얼마나 대단한 분이셨냐면요, 매일 도시락을 싸들고 교회에 오셨는데 반찬이 깍두기나 김치가 전부였어요. 어느 날 버스를 타고 오다가 그만 도시락을 선반에 놓고 왔지 뭐예요. 잠깐 일 보고 도시락을 찾으러 차고지로 갔겠죠."

"차고지 사람들이 놀랐겠는데요?"

"네, 도시락을 차에 두고 내렸다고 하니까 그런 거 없다고 하더래요. 깍두기 냄새 나는 양은 도시락이 목사님 도시락일 거라고는 아무도 생각 못한 거예요. 나올 때까지 거기 앉은 사람들이 다 이상하게 쳐다봤대요. 한국말도 잘하지, 반찬으로 깍두기를 싸가지고 다니지. 저 사람 정체가 뭔가 했겠죠?"
　미은은 억양까지 한국 사람과 다를 바 없었다는 목사님이 금방 친근하게 느껴졌다. 한번 만나 뵐 수 있었더라면 얼마나 좋았을까 생각했다. 이 먼 나라에 와서 노동자를 위해 살았던 푸른 눈의 목사님께 감사했다.
　"공장 일은 할 만해요?"
　목사님은 같은 공장에서 일해봐서 우리 처지를 잘 알았다.
　"공장 다니면서 나이 어린 반장한테 반말이나 듣고 일도 제대로 못한다고 얼마나 구박을 받았는지 몰라요."
　목사님이 아이구야를 섞어가며 말했다. 미은은 선자를 따라 노조 일을 하면서 이렇게 좋은 사람을 만날 때 제일 행복했다. 미은이 만난 사람들은 늘 어떻게든 미은과 같은 노동자로 살려고 했고 노동자들을 도우려 했다. 미은은 오늘 목사님 얘길 들으면서 카르댕 추기경을 떠올렸다.
　여전히 삼교대 일을 나갔고, 먼지 속에서 밭은기침을 하며 실을 뽑아야 했다. 그런데도 많은 것이 변했다. 미은은 자신이 당당해져간다고 생각했다. 그 변화가 척박한 땅에 기어이 뿌리를 내린 단단한 신념이라는 것은 나중에 알았다.

9

내내 대학을 가지 않겠다고 했던 경준의 말이 걸렸다. 경준이 학교에 나오지 않을까 봐 걱정했는데 공명실에서 얘기를 나눈 다음 날도 아무렇지 않은 얼굴로 학교에 왔고, 도서관에서 책을 읽었다.

가끔 태오와 부두까지 걸어갔다가 돌아오기도 했다. 해 질 녘, 노을을 등지고 줄지어 들어오는 배를 보기도 했고, 이미 조업을 마친 배들이 정박해 있는 모습도 봤다. 가끔 경준의 가방에서 소주나 담배가 나오기도 했다. 태오는 그런 것의 맛을 제대로 알지 못했지만 부두 한 귀퉁이에서 썩어가는 굴 껍데기 냄새를 맡을 때는 소주나 담배를 같이 마시고 피울 수밖에 없었다. 할 수 없이 그랬던 것은 아니었다. 경준과 그렇게 앉아서 어설프게 담배 연기를 뿜을 때나 소주가 식도를 타고 짜르르 흘러드는 게 느껴질 때 어른이 되는 시간은 학교 공부에 있는 것이 아니라 이런 부두에서 출렁이는 바닷물을 보고, 바다 끝에서 해가 지는 걸 보고, 어둠 속에서 냄새가 더 진해지는 걸 느끼는 사이에 '나'를 놓아두는 시간에 있는 것은 아닐까 생각했다. 집으로 돌아갈 때, 태오는 올 때와는 다른, 이를테면 그전까지 끌탕하던 것들이 별게 아니라는 생각이 들면서 한층 성숙한 자신을 발견하곤 했다. 그렇게 계절이 바뀌었다.

 경준이 학교에 나오지 않았다. 삼 일째였다. 그의 자리에 가방에 놓여 있지 않고, 의자 역시 책상 아래로 들어간 채 뺀 흔적이 없는 걸 확인하고 돌아서다 복도에서 경준의 담임을 만났다. 마침 잘 만났다는 듯이 경준의 집을 아느냐고 물었다. 알면 같이 좀 가보자고 했다. 서두르는 기색이었다. 애가 탈 만했다. 학교에서 볼 때 경준은 누구보다도 모범생이었다. 연락도 없었다고 했다. 태오는 오늘은 혼자 가보는 게 좋을 거 같다고, 먼저 다녀와서 자세한 말씀을 드리겠다고 양해를 구했다. 담임은 태오에게 뭔가 알고 있는 것이 있느냐고 물으려는 듯 보였지만 고개를 숙여 인사를 하고 돌아섰다. 결석한 첫날부터 가보고 싶었는데 이상하게 발길이 떨어지지 않았다.

경준을 만나면서 경준이 어떤 길로 가든 지지할 수 있다고 생각했다. 그런데, 변한 것은 없는데 경준과 헤어져 돌아올 때마다 경준이 조금씩 멀어지고 있다는 생각도 떨쳐버릴 수 없었다. 경준이 가려는 길을 이해하지 못했다. 한 번도 생각해보지 않은 길이었다. 경준을 볼 때마다 남들도 다 그렇게 사는 거라 생각하며 별달리 고민하지 않았던 자신의 삶이 부끄러웠다. 자신이 특별히 잘 먹고 잘살지 않았는데, 그저 학교를 어려움 없이 다녔을 뿐인데 경준이 고민하는 걸 자신은 한 번도 고민하지 않았다는 것만으로도 부끄러웠다. 돌이켜 보면 경준은 늘 자신의 뜻을 말하고 있었고 보여주었다. 그래서 태오는 어느 순간 그가 곁에서 사라질 것만 같았다. 그의 자리가 아무도 건든 흔적 없이 가지런한 채로 있는 걸 보는데 서늘하게 뒷목이 시렸다. 그의 부재를 단순한 결석이라고 여기려 했다. 부재를 인정하고 싶지 않아서 그의 집에 가지 못했다.

경준에게 가기 전, 성당으로 가서 여섯시 종을 쳤다. 다른 날과 다름없이 오직 당기는 밧줄에 집중해 종을 쳤다고 생각했는데 머릿속은 경준의 생각으로 가득했나 보다. 마지막 천천히 힘을 빼려다가 휘청 딸려 올라갈 뻔할 때에야 깜짝 놀랐고, 온 힘을 다해 줄을 잡아당겼다. 등줄기로 순식간에 식은 땀이 솟았고 흘러내렸다. 경준은 종신이 완전히 제자리로 돌아가고 나서도 밧줄 잡은 손을 쉬 놓지 못했다. 종은 언제 치는 거야? 어떤 의미가 있나? 경준이 언젠가 물었다. 흘러내린 땀이 바지 허리춤에 스며드는 게 느껴졌다. 태오는 그게 신호라도 되는 듯 무릎을 꿇었고 두 손을 모았다. 성부와 성자와 성령의 이름으로 아멘. 십자성호를 그었다. 무언가를 빌고 싶은 마음이 간절한데 아무 말도 나오지 않았다. 밑도 끝도 없이 하느님 저희를 도와주소서만 반복했다. 저희를 도와주소서.

하늘이 오늘도 잔뜩 무겁게 내려앉았다. 이틀 내내 엄청난 비가 내리다가 오늘은 그래도 맑았는데 저녁이 되자 다시 공기가 가라앉았다. 그닥 춥지는 않았다. 한번 가본 곳이라 경준의 집을 쉽게 찾을 수 있을 거라 생각했다. 그러나 막상 그 동네에 도착했을 때는 막막했다. 경준의 집으로 들어가던 골목이 어느 골목인지 알 수 없었다. 아직 어둠이 내려앉지 않은 동네는 곳곳이 경준이 들어서던 골목과 비슷한 골목을 끼고 있었고, 대부분의 집들이 경준의 집과 비슷했다. 좁고 굽은 골목, 고르지 않은 바닥, 낮은 지붕, 온통 오래되어 낡고 녹슬고 바스라진 것들 사이로 익숙한 듯 낯선 냄새까지. 한 덩이의 커다란 군락 같았다. 그때는 어두워진 뒤이기도 했고, 무작정 경준을 따라갔던 터라 동네 전체를 바라보지 못했던 듯했다.

정말 여기가 맞나 하는 생각도 들었다. 골목으로 들어갔다가 나오길 반복했다. 골목길은 엉뚱한 곳에서 끊어지기도 했고, 생각지도 않은 골목과 이어지기도 했다. 몇 번 골목을 돌아 나오다가 다시 처음부터 찬찬히 하나하나 짚어나갔다. 비슷한 집이라 지나쳤을 수도 있다는 생각이 들었다. 이렇게 골목을 다니다 경준과 마주치지 않을까 하는 기대도 했지만 그런 일은 일어나지 않았다. 그러는 동안 날이 점점 더 어두워졌다. 같은 골목을 몇 번 돌았지만 결국 집을 찾을 수 없었다. 경준을 만나기는 고사하고 집조차 찾을 수 없을 거라고는 생각지도 못했다.

발길을 돌리다 아쉬운 마음에 동네를 다시 바라보았다. 저기 저 동네 어디쯤에 경준의 집이 있다. 그러나 집을 찾지 못했다. 내리는 어둠처럼 절망스러웠다. 그때였다. 딸깍. 마치 스위치가 켜지듯 불을 밝힌 구멍가게가 보였다. 구멍가게! 그날 경준의 뒤를 따라가다 골목 왼편에 있던 저 구멍가게를 보며 뭐라도 사가지고 가야 되는 건 아닌가 생각했던 기억이 났다. 그렇다면…… 태오는 구멍가게를 길잡이 삼아 다시 골목으로 들어갔다. 이번엔 찾을 수 있을 것만 같았다. 이 골목도 들어와봤을 틴데 이번엔 경준과 걷던 그 골목이 맞는 것처럼 익숙했다. 툭툭툭, 빗방울이 떨어지는 소리가 들렸다. 아직 비 뒤끝인 모양이었다. 아침에 혹시 몰라 우산을 챙겨 다행이었다. 골목이 좁아 우산을 펴기가 불편해 그냥 두었다. 아직 많은 비는 아니었다.

경준의 집에 다다랐을 때, 태오는 그만 주저앉아버릴 것만 같았다. 더듬어 찾아간 경준의 집이 처참하게 무너져 내려앉아 있었다. 집이었던 흔적도 없었다. 그건 집이 아니라 더미에 불과했다. 무너진 더미 위로 비가 내렸다. 경준의 집이 맞나. 잘못 찾은 건 아닐까. 아니었으면 좋겠다는 생각이 들었다. 이런 일이 벌어졌으리라고는 생각도 못했다. 절망스러웠다. 경준의 가족은 어디로 간 것인가.

떨어지지 않는 발길을 돌려 서둘러 골목을 빠져나왔다. 불 밝힌 구멍가게 문을 열었다. 가게를 지키던 등이 굽은 여주인은 말도 말라고 손을 저었다. 사흘 전 밤새 내린 폭우로 집이 무너지는 바람에 그 집 아저씨랑 아줌마가 많이 다쳐 병원으로 옮겼는데 어떻게 됐는지 모른다고 했다. 아마 죽었을 거라고 혼잣말을 했다. 태오는 무릎에 힘이 빠져 휘청거리려는 걸 간신히 중심을 잡았다.

태오는 고요하고 싶지만 삶은 늘 요동친다는 경준의 말을 떠올렸다. 이런 일을 혼자 감당하고 있을 경준이 안타까웠다. 서둘러 시립병원으로 향했다. 그사이 비는 더 내렸고, 젖은 운동화는 절벅거렸다. 병원을 헤집어 다닌 끝에 겨우 중환자실 복도 의자에 누에고치처럼 쭈그려 잠든 경준을 발견했다. 경준인 줄도 못 알아볼 만큼 초췌했다. 처음 봤을 때 느꼈던 당당하고 빛나던 경준의 모습은 그 어디에서도 찾을 수 없었다. 떨리는 손으로 경준의 어깨에 손을 대고, 경준아 하고 이름을 부르자 경준이 소스라치듯 놀라 몸을 일으켰다. 태오라는 걸 알고는 긴 숨을 내쉬었다. 왔구나. 경준이 기운이 다 빠진 창백한 얼굴로, 그러나 올 줄 알았다는 듯이 말했다. 옷 여기저기에 흙이 묻었던 흔적이 남아 있었다. 아버지는 병원으로 옮기는 와중에 돌아가셨고, 어머니도 위중한 상태라고 했다.

그날 밤, 경준의 옆에 앉아서 아무 말도 꺼내지 못하고 있을 때, 중환자실을 오가는 의사나 간호사의 발걸음이 병원 복도의 빈 공간을 울리며 가까워졌다가 멀어지는 소리가 먼 외계의 소리처럼 아득하다고 느껴질 때, 그걸 잡아채기라도 하듯 의사가 급하게 보호자를 찾았고, 경준이 벌떡 일어났다. 태오도 경준의 뒤를 따라 들어갔다. 경준이 어머니의 손을 잡았지만 얼마 지나지 않아 숨이 멈췄다. 의사가 사인을 말했고, 임종 시간도 알렸지만 들리지 않았다. 경준이 잡은 어머니의 손만 보였다. 조금 전 경준은 침묵을 깨고 두려운 듯이 이러다 나 고아 되는 건 아니겠지, 했다. 경준은 저 손을 놓으면 영영 고아가 되기라도 할 듯 손을 놓지 못하고 울음을 삼켰다. 태오는 십자성호를 긋고 경준의 어깨를 보듬었지만 지금 이 순간 경준에게 아무런 도움도 되지 못한다는 자괴감에 괴로웠다. 하느님이 경준에게 너무 가혹하다는 생각을 떨쳐버릴 수가 없었다.

학교에서 모금을 하고 조문을 하고 장례 치르는 일을 도왔다. 경준은 화장한 부모님 유해를 부두에 나가서 뿌렸다. 비린 바람이 흰 뼛가루를 바다로 날렸다. 경준은 학교로 돌아오지 않았다. 여동생과 여인숙에 달방을 얻었다. 여동생은 중학생인데도 초등학생처럼 몸이 작았다. 태오는 하굣길에 들러 경준을 밖으로 끌어내려 했지만 허사였다. 시간이 필요하다고 생각했다. 누구도 감당할 수 없는 일을 어쩔 수 없이 감당하게 될 때는 시간이 필요하다고, 조금이라도 숨 쉴 구멍을 찾을 수 있도록 시간이 필요하다고.

어느 날 방은 깨끗이 비워져 있었다. 전날까지도 아무 말이 없었다. 경준에게 시간이 필요할 거라고 생각했지만 이렇게 사라질 줄은 몰랐다. 겨울방학이 다가왔고, 어디든 추웠다. 교문을 나서면 무작정 지하상가나 만석동이나 만석부두, 화수부두를 훑고 다녔다. 지하상가는 사람들로 붐볐고, 화수부두는 김장철이어서 드럼통마다 생새우가 그득했고, 만석부두는 먼 섬에서 굴을 따와 부두 바로 옆 둔덕의 굴막에서 굴을 까는 재바른 손만 바빴다. 싱싱한 김장용 새우나 굴 냄새는 겨울의 시린 바다를 닮았고, 그래서 태오는 더 쓸쓸했다.

어디서든 마주치리라 생각했지만 만날 수 없었다. 혹시 경준이 올까 싶어 매일 성당 뜰에서 서성이기도 했다. 공명실에서 홀로 촛불을 켜고 책을 읽을 때, 겨우 머리만 내밀고 건너편 시장통을 바라볼 때, 어딘가의 작은 바람에 촛불이 움직여도, 어두운 하늘에 무언가 휙 하고 지나가도 태오는 가슴이 흔들렸다. 종탑에서 내려와 성당 밖에 서서 경준과 만났던 시절의 푸르던 잔디가 누렇게 변한 채 몸을 누이고 있는 걸 그냥 지나치기 어려웠다.

이례없이 폭우가 쏟아지던 그 밤, 태오는 DJ의 부드러운 목소리와 함께 감미로운 팝송을 듣고 있었고 그 시간 경준의 집이 속절없이 무너져 내렸다는 사실에 오랫동안 괴로웠다. 늘 경준을 생각했는데, 경준의 흙담에 가까운 허술한 집을 봤으면서도 그 밤, 창문을 때리는 세찬 비를 보면서도 단 한순간도 경준에게 그런 일이 생기리라고 생각하지 못했다는 사실이 태오를 짓눌렀다. 그건 이 세상에서 일어날 수 있는 수많은 일들 중 하나로 치부할 수 없는 일이었다. 종탑에서 내려와 성당 문을 열고 밖으로 나설 때마다 차고 비릿한 바람이 태오의 뺨을 스쳤다. 집도 알고, 여섯시에 종을 친다는 걸 알고 있으니 경준이 언젠가 한번은 찾아와주리라 생각했다.

10

 명숙은 석호를 만나기 시작한 봄부터 이 겨울까지 얼굴이 화사했다. 겨울이라 온통 잿빛인데 혼자 환했다. 명숙이 고이 모셔두고 꺼내보는 투명 유리 자처럼 맑았다. 세상의 맑고 환한 빛은 다 받고 있는 것처럼. 주인아줌마가, 아가씨 요즘 연애하나 봐 할 정도였다. 명숙은 온몸으로 자신이 사랑하고 있음을, 사랑받고 있는 존재임을 드러냈다. 우윳빛 목도리와 털장갑이 아니더라도, 발갛게 달아오른 뺨이 아니더라도 알 수 있었다. 혼자 콧노래를 부르고, 자물쇠가 달린 일기장을 사서 쓰지도 않던 일기를 썼다. 주간에 일할 때는 퇴근하고 집에 제대로 들어오는 날이 없었다. 발이 저 바다의 부표처럼 둥둥 떠다니는 것만 같았다.

"그래 좋나?"

"그래 좋다! 겁나게 좋다!"

미은이 물어보면 대답은 한결같았다.

"나도 사랑이나 해야 될라나 보다. 그럼 또 아나, 명숙이처럼 예뻐질지."

선자가 부러운 것도 아니면서 한숨을 섞어 말했다.

"맘에 없는 말 하지도 마라. 언니 니는 노조 하느라 바쁘잖아. 그럴 정신이 어딨노."

명숙은 자신은 연애를 하면서 선자한테 연애는 안 된다고 말렸다.

"싫다, 나도 다 때려치우고 사랑하고 싶다. 그 좋은 걸 왜 나는 하면 안 되나. 이러다 늙어버리면, 다 늙어서 연애도 제대로 못한 내 청춘을 바라보면 얼마나 가슴이 아프겠나."

선자는 농담처럼 말했지만 미은은 마지막 말이 마음에 걸렸다. 선자야말로 꾸미지 않아도 예뻤다. 매일 노조 일을 한다고 제대로 자지도 못하고 출근하는 날도 많았다. 피기도 전에 시든 꽃처럼 늙어버리는 건 아닐까 걱정되었다. 그건 미은도 마찬가지였다. 미은도 이제 알만큼은 알았다. 성당에서 공부를 한 것들은 시험 보면 언제든 백 점을 맞을 수 있을 정도로 머리에 쏙쏙 박혔다. 미은의 일이었고, 미은의 삶이었다.

노조 일 때문이라고는 하지만 잘 들여다보면 노조의 업무가 많아서가 아니라 끊임없이 노동자에게 덜 주려는, 노동자를 쥐어짜서 더 많은 이익을 남기려는 고용주 때문이었다. 싸우지 않으면 이익을 나누려 하지 않는다는 걸 싸우면서 알았다. 세상에 제가 얻은 이익을 똑같이 나누려는 사용자는 없다고 했다. 선자는 약자는 싸워서 얻을 수밖에 없고, 그렇게 싸워도 제대로 얻지 못하는 경우도 허다하다고 말했다. 그러니 연애는 개뿔. 아무리 청춘인들 무슨 수로 연애를 하나. 선자는 허허 웃었다.

"언니야, 내 미리 말해두는데 나는 끌어들이지 마라. 나는 조용히 돈 벌고 착착 모아서 석호 씨랑 결혼할라니까. 절대 안 끼어들 거니까 섭섭해하지도 말고. 미안해도 어쩔 수 없다. 내 코가 석 자다."

아무리 그래도 그렇지 명숙이 저리 말할 줄은 몰랐다. 어떻게 섭섭하지 않을 수가 있나. 바꿔놓고 생각하면 안 섭섭하겠나. 싸워가며 따낸 거 다 누릴 거면서. 미은은 내뱉지 못한 말을 삼킨다.

"아구야, 연애가 이렇게 힘이 센 줄 내 미처 몰랐네. 니 맘대로 해라, 끌어들이고 말고 할 게 어딨나. 다 자기가 알아서 하는 거지. 아무리 그래도 위원장 투표는 할 꺼지?"

선자가 배알도 좋게 말했다.

"당연하지. 투표도 안 할까. 아무리 그래도 우린 한 식구인데. 언니나 미은이 아니었으면 진즉에 공장을 때려치웠을 거야."

명숙이 미안한지 히히거리며 웃었다.

"아이고 참으로 고마워 눈물이 나네."

"오늘 고기 먹자. 내가 밥 차릴게. 어제 석호 씨가 꼭 고기 사서 같이 먹으라고 돈 줬거든."

"그래, 오늘은 다 잊고 명숙이 넙죽 받아온 돈으로 고기나 실컷 먹자."

명숙이 칫칫거리며 아랫입술을 삐죽 내밀더니 고기를 사러 나갔다. 선자는 명숙이 나가자 조금 전과 다르게 골똘한 얼굴이 되었다. 연애는 개뿔이 아니라, 선자도 누군가 사랑할 수 있는 날이 오길. 미은은 자기 전에 일기장에 그렇게 적었다.

명숙은 고기랑 소주도 한 병 사 왔는데 정작 음식을 앞에 놓고는 잔뜩 먹을 것처럼 폼만 잡고 잘 먹지 못했다. 왜 안 먹냐고 해도 그러게, 잔뜩 먹을라 캤는데 속이 안 좋다, 이상하게 밥맛이 떨어지네, 배고프지도 않고, 잘됐지 뭐, 둘이 실컷 먹어, 했다.

네가 막 명숙의 몸에 자리 잡고 있었는데 그때는 몰랐다.

미은이 종소리를 들었다. 그 소리를 먼저 들은 건 명숙이었다. 명숙이 닭을 한 마리 사서 푹 고아 먹고 싶다고 해서 같이 신포시장엘 나왔다. 다들 닭은 닭전거리로 유명한 신포시장에서 샀다. 싸기도 하고 닭에서 나오는 부산물들도 얻을 수 있었다. 며칠 전 명숙이 울었다. 웬만해선 우는 법이 없는데, 퇴근하고 와서는 씻지도 않고 갑자기 이불을 뒤집어쓰고 펑펑 울었다. 말은 안 했지만 선자나 미은은 명숙이 왜 우는지 짐작하고도 남았다.

네가 명숙에게 왔고, 네 존재를 알았을 때 미은과 선자는 놀랐다. 결혼도 안 한 여자가 임신하는 건 큰 흉이어서 다들 암암리에 애를 지웠다. 그런데 명숙은 아니었다. 당연히 애를 낳아 키울 생각을 했다. 결혼은 언제 할 건지, 그럼 공장은 어떻게 할 건지 등등 궁금한 게 많았지만 물어볼 수가 없었다. 석호와 명숙도 대답을 가지고 있는 것 같지 않았다. 그때 한밤중이었는데 찹쌀떡 장수가 찬 공기를 헤치며 찹쌀떡 사려, 하고 골목을 지나는 소리가 났다. 갑자기 선자가 벌떡 일어나 쪽창문을 열고 찹쌀떡 장수를 불러 세웠다. 돈을 들고 나가서 찹쌀떡을 사 왔다. 하얗고 고운 가루가 묻은, 안에 달달한 팥이 든 찹쌀떡이었다.

"축하해야지!"

선자가 거스러미가 일고, 입술에 물집까지 잡힌 피곤한 얼굴을 한껏 펴며 말했다. 남자 직원들이 점점 더 노조 일하는 선자를 괴롭히고, 때때로 폭력도 썼다. 비아냥은 기본이었다. 선자는 그런 걸 다 견뎌내면서, 아니 오히려 그들을 경멸하면서 버티고 있었다. 사람과 사람 사이, 사람이 사람을 무시하는 거만큼 참기 힘든 게 있을까. 싸움이든 살인이든 다 무시에서 비롯된 거라고, 미은은 항상 엄마가 했던 말을 생각했다. 절대 누구에게라도 가슴에 상처 되는 말, 무시하는 말 하지 말라고, 그게 다 돌아오게 돼 있다고 했다. 눈 치켜뜨지도 말고 함부로 말 놓지도 말라고 했다. 아무렇지도 않게, 일부러 더 노골적으로 괴롭히는 그들을 선자는 아예 인간 취급도 안 했다. 그렇다고 상처가 없을 수 있을까. 선자는 자다가 부쩍 악몽을 꾸는 일이 늘었고 잠꼬대를 심하게 했다. 웃을 때면 입술 양 끝이 올라가 하회탈이라고 놀림을 받는 선자였는데 그 겨울 선자는 웃지도 못하고 그런 걸 다 견뎌내고 있었다. 미은이나 명숙이 선자에게 더 힘을 줘야 하는데 오히려 선자가 떡을 사서 접시에 담고 소반에 올려 명숙에게 온 너를 축하했다. 부르튼 입술 끝을 말갛게 올려 하회탈처럼 웃으면서. 신식 엄마를 만났으니 아기도 우리와는 다를 거라고, 아무 걱정 말고 아기를 잘 키워보자고 했다.

명숙은 어느 날부터 일기장에 석호 대신 네 얘길 쓰기 시작했다. 어느새 너를 찰떡이라고 불렀다. 미은이 애를 낳지도 않았는데 찰떡이 뭐냐니까 애를 낳으면 정식으로 이름을 짓겠지만 그전에 그냥 찰떡이라고 부르고 싶다고 했다. 찹쌀떡을 줄여 찰떡이라고. 찰떡같이 귀한 아이라고 했다. 엄마 옆에 항상 찰떡처럼 붙어 있으라는 의미라고 했다. 그날 명숙은 선자가 사준 찹쌀떡을 네 개나 먹었고, 나중엔 선자를 끌어안았다. 어디서도 네 존재를 밝힐 수 없었던 명숙이, 더운 공장에서 복대를 감고 삼교대를 해야 하는 명숙이, 네가 자신처럼 고생스럽게 살지 않기를 바랐을 명숙이. 선자나 미은은 다독이며 복덩이라고 했지만, 개천에서 용이 나기도 한다지만 처음부터 개천이 아니길 바라는 명숙의 마음을 모르지 않았다. 그러니 선자가 부르튼 입술로 피곤에 잔뜩 찌든 얼굴로도 하회탈 같은 웃음을 지어 네 미래를 밝게 열어보려 한 거였다.

　울고 말았다. 개천을 벗어날 수 없다는 걸 아니까. 나날이 너는 존재를 과시하려 하는데, 명숙은 어떻게든 숨겨보려 하면서 파리하게 말랐다. 미은은 그런 명숙이 닭을 푹 고아 먹으면 좀 힘이 날 거 같다고 말하는데 아무리 돈이 없어도 아무리 피곤해도 닭을 사러 따라나설 수밖에 없었다.

　뎅, 뎅, 뎅.

"종소리 들었어?"

　명숙이 갑자기 깜짝 놀란 듯 말했다. 명숙은 종소리의 진원지를 찾겠다고 두리번거리더니 성당의 종탑을 발견했다.

"저기서 들리는 거구나."

명숙이 안도하듯 그렇게 말하고 조금 전까지 흥정하던 가게에서 조금 벗어나 조용히 종소리를 들었다. 네게 들려주기라도 하려는 듯.

"난 종소리가 이렇게 부드러운 줄 몰랐어. 순두부처럼 몽글몽글해."

"언니, 저 종소리는 하늘과 우리를 이어주는 시간 같은 거야. 지금 언니 마음에 저 종소리가 들렸다면 찰떡도 들었을 거야. 언니더러 더 기운 내라고 저 종소리가 언니한테 들렸나 봐."

미은의 말에 명숙은 괜히 눈물이 날 것 같다고 하더니 정말 눈물을 글썽였다.

"나, 바본가 봐. 요즘 왜 자꾸 눈물이 나는 거지?"

명숙은 고개를 숙이고 눈물을 뚝뚝 흘렸다.

"저 종소리 말이야, 소리를 듣고 있는데 이상하게 힘이나. 마치 우리 찰떡일 지켜주는 소리 같아."

종소리가 그치고도 명숙인 그 자리를 쉽게 떠나지 못했다.

"성당에 가볼래?"

미은의 말에 잠시 망설이더니 대신 성호 긋는 법을 알려달라고 했다. 그리고는 그대로 따라하더니 기도를 했다. 그날 저녁 명숙은 마늘과 찹쌀을 넣고 잘 삶아진 닭을 혼자서 다 먹다시피 했다. 그동안 못 먹은 거 보상이라도 하듯. 선자와 미은은 겨우 죽만 떠먹으면서도 그렇게 먹는 명숙을 대견하게 바라보았다.

"그래, 우리 닭죽 먹고 힘내자."

미은은 퇴근하고 오면 무조건 명숙의 배를 마사지해줬다. 따뜻한 물수건으로 배를 가볍게 닦아주기도 하고, 조용히 손으로 문질러주기도 했다. 차가운 손이 아기에게 닿을까 봐 허벅지 밑에 넣고 앉아 녹인 다음에 자신의 배에다 손을 대보고, 괜찮다 싶으면 명숙의 배에 손을 얹었다. 명숙이 일을 하는 동안 복대 안에 갇혀 꼼짝하지 못했을 아이가 움직일 때까지.

연탄도 더 땠다. 늘 불구멍을 적게 열어놓아 옷을 몇 겹 입고 이불을 둘러써도 코끝이 시렸다. 아침이면 머리맡의 물이 얼기도 했다. 그래도 불평하지 않았다. 하지만 아니었다. 아이에게 그럴 수는 없었다. 연탄불 마개를 더 열었다. 명숙의 배를 마사지하고, 다리를 주무르고, 배에 귀를 가져다 대기도 했다. 배 안에서 생명이 자라고 있다니. 명숙이 먹는 음식, 명숙이 하는 생각이 다 아이에게로 갈 거였다.

미은이나 선자가 임신을 한 것도 아니었는데 생활이 이상하게 아기 중심으로 돌아가는 듯했다. 그러면서 정도 더 끈끈해졌다. 시장에서도 손바닥만 한 앙증맞은 아기 옷에 저절로 눈이 갔다. 저렇게 작고 예쁜 옷이 있다니. 이렇게 부드러운

언제라도 안아줄게 | 157

옷이 있다니. 바라보는 것만으로도, 만져보는 것만으로도 기분이 좋았다. 발길이 떨어지지 않았다. 명숙이 김치 말고 다른 것도 먹을 수 있게 신경을 썼다. 작아서 싸게 파는 고등어나 명태를 사다가 구워 먹기도 하고 무를 잔뜩 넣고 조림을 해 먹기도 했다. 물론 대부분 명숙이 먹었다.

태동. 아기가 제 존재를 밝히는, 나, 여기 있어요, 라는 움직임.

미은이 명숙이 배를 만져주다가 깜짝 놀랐다. 분명 명숙이 움직인 것이 아닌, 명숙의 의지가 아닌 무언가가 왼쪽 배 안에서 쑤욱 올라왔다가 부드럽게 내려가는 느낌이었다. 명숙이도 놀라고 미은도 놀라 서로 눈을 마주쳤다.

"이거 태동인 거지?"

"그렇지?"

선자가 자다가 그 소리를 들었는지 벌떡 깼다. 선자는 요즘 노골적으로 노조 활동을 방해하는 반대 세력 때문에 지칠 대로 지쳐 있었다.

"어디 어디, 나도 만져볼래."

선자가 한 바퀴 몸을 굴려 명숙이 곁에 와 배에 귀를 댔다.

"안 움직이는데? 명숙아, 좀 움직이게 해봐."

"어디 그게 내 맘대로 되나."

아기는 마치 장난치듯 선자가 포기하고 막 돌아서려 할 때

다시 움직였다. 선자가 명숙과 미은의 호들갑에 다시 돌아와 귀를 가져다 댔지만 또 움직이지 않았다. 선자는 자기만 못 봤다고 억울해했다. 그리고 막 명숙의 배에서 볼을 떼려 할 때, 아이가, 움직였다.

"와아, 정말 아기가 움직였어. 이 배 안에 아기가 자라고 있다니 신기하다. 머릿속이 환해지는 거 같아. 갑자기 왜 내가 기운이 솟지?"

선자가 명숙의 배를 쓰다듬으며 뱃속의 아기에게 말했다.

"걱정 마, 이 이모들이 찰떡이 건강하게 태어나게 뭐든 도와줄게."

그 말을 알아듣기라도 한 듯 아기가 움직였다. 놀라 선자와 명숙의 눈이 마주쳤다. 신비로운 존재, 귀한 존재였다. 선자가 다시 자려고 몸을 한 바퀴 굴려 눕더니, 팔베개를 하고 명숙의 배를 바라보았다.

"명숙이 니는 지부장 투표하러 오지 마라. 요새 반대파 애들 분위기 별로 안 좋다. 개들이 괜히 시비 걸고 밀치고 하면 찰떡이 위험할 수 있으니 넌 아예 노조 근처도 오지 마."

11

 방학을 하고, 다시 새벽종 치는 일이 태오의 몫이 되었다. 새벽에 종을 치고 오면 마당에 신문이 던져져 있곤 했다. 어느 땐가 뒤따르는 다급한 발소리에 뒤를 돌아보았는데 경준이 아니었다. 종을 치러 오가는 새벽길에 한 번도 경준을 만난 적이 없었는데도 태오는 그 길을 오가는 동안 혹여 마주치지 않을까 여러 번 주변을 두리번거렸다. 마른 플라타너스 잎이 밟혀 부서지는 것 같은 날들이었다.
 헌책방에서 미은을 보았다. 중고참고서를 사가지고 나가려는데 미은이 시집이 꽂힌 코너에서 시를 읽고 있었다. 뭐라 해야 할까. 반가웠는데 그녀가 책방에 있다는 사실이 생경했다. 공장에 다닌다고 책도 보지 않을 거라고 생각한 건가. 얼마나 오만한 태도인가. 태오는 그렇게 생각했을지도 모를 자신을 경준의 시선으로 바라보았다. 태오는 경준이 사라진 이후 수시로 자신을 되돌아보려 노력했다. 그러기 위해 더 많은 책을 읽었다. 도서관에서 빌려 읽기도 하고 헌책방에서 사기도 했다.

　어떤 시집인지 제목은 보이지 않았다. 다만 지그시 고개를 숙이고 시를 읽는 미은의 모습이 보기 좋았다. 그대로 나가려다 기다렸다. 왠지 그래야 할 거 같았다. 태오도 인문 코너의 책을 눈으로 훑었다. 그러면서도 미은의 움직임을 놓치지 않았다. 미은이 보던 책을 사서 나가려 할 때 따라나섰다.

　"저기요."

　미은은 두 번 불렀을 때야 돌아보았다.

　"아, 안녕하세요?"

　미은이 얼른 고개를 숙였고, 태오도 당황해 같이 고개를 숙였다. 어떻게 인사를 했는지, 어떻게 빵집까지 갔는지 모르지만 미은을 그대로 보내고 싶지 않았다. 언젠가 경준이 너는 여공들과 한집에 살면서 그들과 얘기는 나누고 사냐고 했던 말이 떠올랐다. 거의 끌다시피 빵집으로 갔고, 단팥빵과 우유를 시켰다.

　"오늘은 대문 앞이 아니라 책방에서 만났네요."

미은이 태오의 말에 엷게 웃었다.

"우리 인사하고 지내요. 전에도 말했지만 제 이름은 김태오. 열여덟 살이에요. 우리 집에 일 년 넘게 산 거 같은데 그 정도면 한 식구나 마찬가지죠."

오래전 알고 지낸 사이처럼 말이 술술 나왔다.

"우유가, 따듯해요."

"네, 우유는 따뜻하고 단팥빵은 달달해요."

미은이 빙긋 웃으면서 태오를 바라봤다.

"나도 이미은이라고 이름은 전에 말했고, 나이도 같네요. 덕분에 빵집도 구경하고, 고마워요. 여기 처음 들어와봐요."

미은이 빵을 달게 먹었다. 이런 빵을 처음 먹어본다고 했다. 팥이 아주 달고 맛있다고 했다. 대문 앞에서 보퉁이를 들고 서성이던 미은이 떠올랐다. 많이 변한 것 같지 않은데 그때보다 활달하고 밝아보였다.

"우리 나이도 같은데 말 놓으면 어때요. 말을 높이려니까 대하기가 어려워요."

미은의 말에 태오도 고개를 끄덕였다. 말을 놓았다가 높였다가 그러면서 얘길 나눴다. 그래도 한결 얘기 나누기가 수월했다. 태오가 어떤 시집을 산 거냐고 보여줄 수 있냐고 했더니 가방에서 시집을 꺼냈다. 신경림 시인의 『농무』였다. 읽어본 적 없는 시집이었다. 미은은 책의 어딘가를 펴서 읽었다.

"길은 언제나 나를 살게도 하고/죽게도 한다//길은 언제나 나를 떠나게 하고/길은 언제나 나를 돌아오게 한다……여기에서의 길은 우리가 걷는 길이 아니겠죠. 이 시구가 제 가슴에 박히더라고요. 살게 하거나 죽게 하거나 떠나게 하거나 돌아오게 하는 길. 운명 같은 게 아니라 그 길을 만들 사람은 결국 내가 아닐까 하는 생각도 했고."

태오는 놀랐다. 먼저 말을 놓자고 할 때도 뜻밖이었는데 읽은 시도, 시 얘기를 하는 미은도 놀라웠다. 미은에게서 경준이 보였다고 할까. 이런저런 얘기를 했지만 일이 힘드냐는 얘기는 물어보지 못했다. 자칫 값싼 동정으로 비칠까 봐 우려됐다.

"나, 오늘 책방 처음이야. 닫혀 있는 책방 문을 열기가 어렵더라고. 이렇게 시집을 살 수도 있는데, 이렇게 좋은 시집이 있는데 여길 처음 와봤어."

태오는 참고서나 사러 오는 자신보다 시집을 산 미은이 훨씬 대단하다고 말했다.

"솜먼지, 기억나?"

그러면서 미은이 검지로 자기 눈썹을 가리켰다.

"예전에 내 눈썹에 솜털 붙었다고 한 적 있었잖아. 그땐 그게 그렇게 부끄럽더라고. 솜먼지 가득한 공장, 후덥지근한 공장 안의 열기, 실이 끊어질까 봐 쉴 사이 없이 고개를 돌리고 재바르게 걸어가야 하는 공장 일을 단번에 들킨 거 같아서.

그런데 지금은 그렇지 않아. 그런 걸 우리 힘으로 바꿔나가고 있거든. 길은 언제나 나를 살게 한다, 그런 거지."

그러고 보니 미은이 그때와 많이 달라 보였다.

"그런 일을 해내는 거 힘들지 않아? 예전에 어떤 사람은 비슷한 일을 하다가 분신하기도 했다던데."

"전태일 열사 얘기구나?"

"전태일이라는 사람을 알아?"

"물론이지. 우리에겐 한 줌 빛 같은 사람인데. 난 네가 아는 게 더 신기한데? 이젠 누구도 그렇게 죽지 않도록 해야지. 아무리 힘들어도 그렇게까지 가면 안 되지."

태오는 저 사람들은 전태일을 열사라고 부르는구나, 한 줌 빛 같은 사람이라고 부르는구나 생각했다. 경준에 대해 얘기했다. 나중에 같이 보면 좋은 친구가 될 거라는 얘기도 했다. 미은과 얘기를 나누는 동안 경준이 나타나지 않으면서 갖는 열패감을 미은을 통해 위로받으려고 한 건 아닌지 생각했다.

"가끔 봐요, 이렇게. 혹시라도 도울 일이 있으면 언제든지 말하고요."

"다음에 볼 때 존댓말 쓰지 않는다는 약속을 하면 또 볼게. 가끔 봐. 이렇게 맛있는 빵도 사주고."

미은이 악수를 청하듯 손을 내밀었다. 마주 잡았다. 기분이 좋았다. 이렇게 편하게 친구가 될 수 있는데 한집에 살면서 인사도 안 하고 지냈다니 너무하다 싶었다. 무엇보다 미은이 밝은 모습으로 거리낌없이 얘기를 하는 모습이 좋았다.
 그렇게 만나고 나니 미은을 집에서 더 자주 마주쳤다. 그 이야기를 했더니 미은이 피식 웃었다. 우리, 친구잖아. 그동안은 마당에서 태오가 뭘 하는 소리가 나면 안 나갔는데 이젠 일부러라도 나간다고 했다. 헌책방에서 몇 번 만나는 사이, 자연스럽게 말도 놓게 되자 헌책방의 책들처럼 오래 만난 사이가 되었다.

 경준이 왔다. 어디서 기다렸던 것인지, 태오가 성당 문을 열려는데 뒤에서 부르는 소리가 들렸다. 그토록 기다리던 목소리였다. 경준이 희붐한 어둠 속에서 모습을 드러냈다. 어느새 머리가 길어 학생으로 보이지 않았다.
 "가끔, 여기 생각나더라고."
 계단을 오르며 경준이 말했다.
 "걱정할 나는 생각 안 하고 여기만 생각났다는 거지?"
 경준이 가볍게 태오의 등짝을 쳤다.
 "잘 지낸 거지?"
 태오가 계단을 오르다 말고 돌아서 경준을 바라보며 물었다.
 "그래, 아주아주 잘 지냈다."

잘 지냈다는 말이 공명하듯 울렸다.

"잘 지냈다고? 나쁜 놈. 사람 그렇게 걱정시켜놓고서 잘 지냈다니. 그래도 이렇게 왔으니까 오늘은 다 용서해준다."

태오가 종을 치기 위해 마음을 가다듬는 동안 경준이 밧줄을 매만졌다.

"굉장히 단단하구나."

경준이 말했다.

"응, 절대 끊어지면 안 되니까."

태오는 마음을 가다듬고 밧줄을 잡았고, 힘주어 여섯시 종을 쳤다. 종이 마지막 멈추길 기다리며 하느님께 몇 번이고 경준을 돌아오게 해줘서 감사하다고 기도했다.

종신이 완전히 멈춘 뒤 종 뒤편의 나무 계단을 오르고 판자를 밀어 차례로 공명실로 올라갔다. 경준이 자신도 한번 종을 쳐보고 싶다고 했고, 태오는 어림없는 일이라고 했다. 그러나 경준이 치고 싶은 종이 다른 의미일 수도 있다는 생각이 들었다. 예수님의 고난을 알리고, 서로 의지하며 만물을 깨워 다 같이 평화에 이르는 종소리, 그걸 생각하는지도 몰랐다. 촛불을 밝혔다.

일을 다닌다고 했다. 여동생은 이모네서 학교에 다니고 있다고 했다. 경준이 스스로 얘기하는 거 외에 더 묻지 않았다. 얘기를 하는 동안 문득문득 경준이 낯설었다. 조금 더 까칠해진 얼굴, 거뭇거뭇 돋아난 수염, 눈썹 가까이 내려오는 머리카락, 가르마까지. 지나다 봤다면 못 알아볼 수도 있을 거 같았다. 언젠가 화수부두에서 본, 새우를 잡고 들어오던 어부를 닮았다는 생각도 들었다. 노동을 하고 있는 것인가, 어떤 일을 하나, 밥은 잘 먹고 다니나, 이런 것들이 궁금했는데 캐묻는다면 그가 다시 떠나버릴 것만 같았다.

전태일을 열사라 부르는 미은을 만난 얘기를 들려주었다. 미은이 읽은 신경림 시인의 「길」이라는 시와 그 시를 해석하던 얘기, 빵과 우유를 달게 먹던 얘기, 마당에서 잠깐씩 나누었던 공장 얘기, 성당의 가톨릭노동청년회에서 활동하고 있다는 얘기까지. 너랑 비슷한 아이라고. 조용한 성격인 줄 알았는데 아주 당차더라는 얘기도. 경준이 처음으로 빙그레 웃었다. 대단하네.

경준의 옷에서 알 수 없는 찌든 냄새가 났다. 옷을 얼마 동안이나 갈아입지 않은 건지, 공명실에 희미하게 냄새가 들어차는 것 같았다. 목덜미 쪽에 푸르스름한 멍 자국도 보였다. 하얀 포말을 일으키며 성나게 달려오는 파도의 흰 이빨에 물리고 또 물리고 넘어지느라 지친 모습 같았다. 태오가 알던 경준이 맞나 싶었다.

어느 때부터 경준이 피곤한 듯 꾸벅꾸벅 졸더니 그대로 고꾸라지듯 잠이 들었다. 깨울까 망설였지만, 깨워서 성당 밖으로 나간다면 어디로 가야 하나 싶었다. 늦은 시간이었다. 지금 나간다면 이대로 밥 한 끼도 못 먹고 헤어질 수도 있었다. 가볍게 코를 고는 소리가 들렸다. 경준이 자고 싶었는지도 몰랐다. 코를 골고 편히 잘 수 있는 곳을 찾아 이 공명실로 스며든 것인지도. 태오도 벽에 기대 잠이 들었다. 새벽종을 치고, 같이 나가서 아침 일찍 문을 연 국밥집에라도 가야겠다고 생각했다. 다음 날 어떤 일이 벌어질지 짐작도 못한 채.

　눈을 떠보니 경준이 천장 문을 열고 밖을 내다보고 있었다. 태오는 일어나지 않은 채 경준의 뒷모습을 바라봤다. 몇 달 동안 경준은 어떻게 지낸 것일까. 앞으로는 어떻게 지내게 될까. 같이 책 이야기를 하고, 이 세계를 볼 수 있는 눈을 틔워줬던 경준인데 어쩌다 경준은 저런 몰골이 되어야 했나. 가슴이 답답했다. 경준이 다시 앉을 때에야 태오가 몸을 일으켰다. 아직 이른 새벽이었다. 새벽 여섯시 종을 치고, 조금 쉬었다가 일곱시쯤 일찍 문을 여는 만두집에서 같이 왕만두를 먹자고 했다. 아무리 그래도 한 끼 먹고 헤어져야 하지 않겠냐고 했다. 붙잡을 수 있으면 붙잡을 생각이었다. 경준은 잘 살고 있다고, 이제 삼월부터 공장에서 일을 할 거라고 했지만 이대로 보낼 수는 없었다. 봄이 쉬이 오지 않는다는 게 꼭 경준을 두고 하는 말 같았다.

공명실에서 내려와 준비를 하고 여섯시 종을 쳤다. 경준이 종소리를 따라가듯 천장을, 아니 그보다 더 먼 곳을 바라봤다.

"이 종소리를 다시 들을 수 있을까."

경준이 종을 다 치고 호흡을 조정하며 숨을 내뱉는 태오를 보며 말했다.

"무슨 소리야, 자주 봐야지."

"이 성당의 종소리가 아주 멀리까지 들리면 좋겠어. 내가 있는 곳까지. 그러면 네 생각을 하겠지. 종을 치는 태오, 새벽을 깨우는 태오, 하고 말이야."

"그런 소리 말고 이 종소리를 들을 수 있는 곳에 네가 있으면 되지."

경준의 어깨를 다독였다.

"얼마 전에 책을 읽다가 문득 그런 생각이 들었어. 결국 수많은 책들은 우리가 선 자리를 환기하면서 동시에 어떻게든 조금씩 나아가게 하는구나 하는 그런 생각 말이야. 아무리 하찮은 생명이라도 비바람 다 맞아가면서 제 생의 바퀴를 굴리는데, 나도 더 나은 쪽으로 물꼬를 터 나아가야겠다는 생각이 들더라고. 세상이 내가 인식하든 안 하든 흘러가게 돼 있다 하더라도 말이야. 우리 집이 무너지고 부모님까지 허망하게 돌아가셨을 땐……"

경준의 목소리가 젖어들었다.

"우리 같은 사람들은 아무리 발버둥 쳐도, 두 눈 부릅뜨고 살려고 기를 써도 어디든 아찔한 벼랑 끝이구나 싶었어. 한 번도 포기란 걸 생각해보지 않았는데, 그땐 제발 누군가든, 무엇이든 나와 동생을 흔적 없이 다른 세계로 데려가버렸으면 싶었어. 그런데 우습지, 신포시장을 지나가는데 찐만두 냄새가 퍼지더라고. 막 허기가 지는데, 만두를 먹고 싶은 것도 사실인데, 이상하지, 거짓말 같이 만두가 아니라 책을 읽고 싶었어. 만두를 입이 터져라 우겨넣는 대신에 그 길로 배다리 헌책방으로 달려가 아무 책이나 읽고 또 읽었어. 그러다 이 세계에서 당신은 안녕하신가요라는 글귀를 봤는데, 별말도 아닌데, 진짜 아무 말도 아닌데 이상하게 울컥해지면서 막 울음이 쏟아지더라고. 닦아도 닦아도 눈물이 나오니까 주인이 흘낏 보더니 아무 말도 없이 가게 밖으로 나가서는 문을 닫고 뒷짐을 지고 등을 돌리고 서 있더라고. 얼마나 눈물을 흘렸는지 들고 있던 책이 다 젖었는데, 나중엔 그 책도 그냥 주고. 말없이 내 등도 두드려주고. 책방을 나오는데 살고 싶더라고. 그 젖은 책을 들고 걸어가는데, 한 걸음 걸을 때마다 내가 예전의 나로 돌아오고 있다는 걸 느끼겠더라고. 나중엔 막 뛰었어. 숨이 턱에 차 더 이상 뛸 수 없을 때까지 뛰니까 숨은 차오르는데 그게 또 살고 있다는 증거 같더라고. 걱정 마. 나, 잘 살고 있어. 책도 보고. 종소리가 들리는 데에 살지 않더라도 네 종소리를 기억할 거야. 아까 만두 먹으러 가자고 할 때부터 이 얘길 하고 싶었어."

경준이 긴 얘기 끝에 멋쩍게 웃었다.

"고마워."

태오는 경준이 얼마나 긴 방황을, 어려움을 겪었을지 짐작도 안 되었다. 다만 고마웠다. 비바람을 맞으면서도 어떻게든 생을 굴려가겠다는 그 말이.

"만두 먹으러 가자. 이젠 문 열었을 거야."

내려가려 할 때였다. 누군가 다급하게 부르는 소리가 들렸다. 여자 목소리였다. 이른 아침에 누군가 부를 일이 없었다. 무슨 일이 벌어졌다는 생각이 들었다. 후다닥 뛰다시피 계단을 내려갔다. 작업복을 입은 여자 둘이 끌어안듯 문 밖에 주저앉아 있었다. 익숙한 작업복, 주말이면 빨랫줄에 널리던 작업복, 설마 미은은 아니겠지, 순간 두려운 생각이 스쳤다. 그중 한 명이 고개를 들었을 때, 미은의 절망 가득한 얼굴이 보였다. 머리카락이 헝클어지고 얼굴은 눈물범벅에다 작업복까지 더럽혀진 채 누군가를 부축하고 있었다. 같은 방을 쓰는 명숙이 누나였다. 마당에서 만날 때마다 환하게 웃으면서 말을 걸던 예쁜 누나였다. 그 누나가 정신을 잃을 정도로 신음을 삼키고 있었다. 게다가 그녀들의 작업복에서 경준에게서 맡았던 냄새보다 더 심한 냄새가 났다. 똥 냄새였다. 설마 똥 냄새라니. 지금 미은에게 무슨 일이 일어나고 있는지 알 수 없었다. 다만 이들이 감당할 수 없는 큰일이 벌어지고 있는 것만은 분명했다.

"미은아, 괜찮아?"

"태오야, 제발 좀 도와줘."

미은의 갈라진 목소리가 울음 사이로 새어 나왔다.

신부님이 뛰어왔다.

"도대체 이게 무슨 일이야?"

"신부님, 신부님 그놈들이 우리에게, 대의원 선거 투표를 하러 가는 우리에게 똥물을 뿌리고 개 패듯이 팼어요. 투표를 못하게 만들겠다고 노조 사무실을 부수고, 우리에게 똥물을, 똥물을. 신부님, 어떻게 사람이 사람한테 똥물을 뿌릴 수가 있어요. 아무리 우리가 공순이여도 똥물을 맞아도 되는 사람은 아니잖아요. 신부님, 저들이 인간이에요? 저들은 인간도 아니에요. 짐승이에요, 악마예요. 악마가 아니고서야 어떻게 이런 짓을 벌일 수 있단 말이에요."

미은의 울부짖는 목소리가 갈라지고 소리가 제대로 나오지 않았다. 분노에 가득 차서 다 때려 부숴버릴 것 같았다.

"대체 누가 그런 짓을 했단 말이야!"

신부님도 언성이 높아졌다. 그때 명숙이 배를 움켜쥐고 비명을 질렀다. 다리 사이로 검붉은 피가 흘렀다. 신부님이 화들짝 놀라 명숙을 부축했다. 찰떡아, 안 돼. 명숙이 비명을 지르더니 끝내 정신을 잃었다.

"세상에."

"신부님, 어떻게 해요. 언니, 정신 차려, 제발. 아, 어떡해, 정말."

미은이 명숙이를 끌어안고 울었다. 신부님이 병원에 전화를 하겠다고 숙소로 달려갔다. 미은이 있는 힘을 다해, 피를 토할 것처럼 말했다.

"태오야, 이 아이, 명숙 언니의 아이, 찰떡이의 마지막을 위해 종을 쳐줘. 태오야, 하느님이 계시는 거 맞지? 하느님이 계시다면 왜 우리 기도를 들어주지 않는 거니. 우리가 그렇게 싸워도 도대체 아무도 몰라. 신문에 기사 한 줄 실리지 않아. 아무도 우리 말을 들어주지 않아. 우리 애길 들어달라고, 같이 힘 좀 모아달라고 그렇게 외치고 다녀도 아무도 우리 애길 들으려 하지 않아. 우리가 공순이라서 그런 거니? 정말 그런 거야? 너무하지 않아? 우리는 똥물을 뒤집어쓰고 있는데, 제발 우리 얘기 좀 들어주면 안 돼? 조금의 관심, 그게 그렇게 어려운 건가? 정말 너무한 거 아냐!"

경준의 몸이 떨리기 시작했다. 태오도 마찬가지였다. 하늘 아래에서 있을 수 없는 일이었다. 하느님이 계신 이 땅에서 일어날 수 없는 일이었다. 미은의 분노가 아니더라도 덜덜 떨렸다. 어떻게 그럴 수가 있단 말인가. 이토록 참혹한 세계를 미은은, 아니 그녀들은 버티고 견딘 것인가.

"하느님이 계시다면, 정말 하느님이 계시다면 우리 소릴 들어야 해. 다 들어야 해. 모두 깨어서 다 들어야 해. 그래서 이 땅에 하느님이 계시다는 걸 보여줘야 해. 태오야, 안 그래?"

경준이 단호한 목소리로 말했다. 순간 경준이 무얼 할지 알 것 같았다. 세상에 알리는 것. 종을 쳐서 세상에 알리는 것. 태오의 눈빛이 미은의 절망 위에 겹쳐졌다. 태오가 고개를 끄덕였다. 철제 계단을 밟았다. 경준이 뒤를 따랐다. 종을 친다면 그건 경준이 아니라 태오가 할 일이었다. 어떤 벌을 받게 될지 그건 다음 일이었다. 미은의 저 절규를 알려야 했다. 말하지 않았던가. 그녀들의 요구가 얼마나 작은 것이었는지, 그 작은 것을 얻으려 얼마나 온 힘을 다했는지.

태오가 밧줄을 잡았다. 경준이 옆의 밧줄을 잡았다.

"꽉 잡아, 힘을 뺄 때는 천천히, 절대 줄을 놓치면 안 돼."

태오가 두 팔에 힘을 주고 밧줄을 잡아 당기며 온 힘을 싣는 것을 보고 경준도 따라서 몸을 실어 옆의 종을 쳤다. 데엥, 데엥, 데엥. 종이 울리기 시작했다. 줄을 잡아당기고 또 잡아당겼다. 더 크게 울리도록 치고 또 쳤다. 두 개의 종소리가 겹쳐지기도 하고 갈라지기도 하면서 울렸다.

무슨 일인가, 무슨 일이 벌어졌는가. 세상 사람들 귀에 다

들릴 때까지, 세상 사람들이 이 분노를 다 알 때까지 종을 치고 또 쳤다. 밧줄이 하느님의 음성이라도 되는 듯 붙들고 매달려 종을 쳤다. 이런 세계라고, 지금 우리가 따뜻한 아침밥을 지을 때, 누군가는 똥물을 맞아가며 싸우고 울부짖고 있다고, 이 세상 누구도 이 더럽고 추악한 세계를 눈 감으면 안 된다고 외치고 싶었다. 두 눈에서 눈물이 흘렀다. 손바닥에 물집이 잡히고 그 물집이 터져 쓰라려올 때까지 종소리는 멈추지 않았다.

태오는 오랫동안 그날에 붙들렸다. 그날 어떻게 된 것인지 알 수 없었다. 신부님이 병원에서 전화를 안 받는다고 달려왔고, 경준과 교대로 명숙을 업고 병원으로 달렸고, 그리고 어떻게 됐나. 분명 이른 아침이었는데 부둣가로 나갔을 때는 오후였다. 태오나 경준의 옷에도 똥과 피가 묻어 군데군데 얼룩졌다. 부두 한 귀퉁이에서 술을 마시고 또 마셨다. 비린 피 냄새, 역한 똥 냄새가 부둣가의 패총 썩은 냄새 사이를 가르고 스며들기도 했다. 냄새만이 지독한 현실을 환기하고 또 환기하는 듯했다. 술을 마시고 토하고, 그래도 또 마시려 하고, 토하고, 바다에라도 빠져버리고 싶은 심정이었다. 정말 너무한 거 아니냐는 소리, 하느님이 계시긴 한 거냐는 소리가 맴돌고 또 맴돌았다. 여긴 하느님의 나라가 아니었다. 성모님의 눈물이 닿지 않는 곳이었다. 괴로워 미쳐버릴 것만 같았다.

어떻게 집에 왔는지 알 수 없었다. 눈을 떠보니 방 안이었다. 눈을 뜨자마자 일어나기도 전에 고개만 겨우 돌려 방에 토했다. 녹색 위액이 나왔다. 부엌에서 어머니의 한숨 섞인 기도 소리가 들렸다. 아무것도 생각할 수 없었고, 아무것도 먹을 수 없었다. 잠들지 않았는데 잠이 들었다. 성당 종을 쳐야 할 시간이 다가오는 건 아닌가 생각했는데 다시 눈을 떴을 때는 그 생각조차 들지 않았다. 깨어 있고 싶었고, 잠들어 깨어나고 싶지 않았다.

며칠째 미은의 방은 비어 있었다. 매일 아침마다 건넛방에서 소리가 들리나 귀를 기울였지만 아무 소리도 들리지 않았다. 미은의 공장에 갔다. 정문은 닫혀 있었고 아무 소리도 들리지 않았다. 미은의 절망이 흔적도 없었다.

부두에 갔고, 공원에 올랐고, 멀리까지 가서 염전이 있던 자리에 들어선 공장을 바라보기도 했다. 어디든 걸었고 바람처럼 돌아다녔다. 태오의 눈엔 수분이라곤 남아 있지 않은 온통 마른 것들만 보였다. 하느님이 보이지 않았다. 종탑 공명실로 들어가 나오고 싶지 않았는데 다시 종을 마주하기 두려웠다. 도대체 마음 끝을 잡을 수가 없었다. 주안 갯골을 따라 돌아오는 길에 밭에 세워진 허수아비를 보았다. 새를 쫓으려 세웠던 허수아비는 낡고 낡아 다 찢어진 천 쪼가리만 걸치고 있었다.

　차가운 것이 눈에 닿았다. 눈이었다. 눈이 내릴 수 있는 겨울이란 걸 미처 잊고 있었다. 눈은 제법 내리기 시작했다. 눈을 맞는 허수아비를 바라보았다. 눈이 내리고 내려 자신과 허수아비를 덮을 때까지, 온통 시들고 얼어붙은 것투성이의 들판을 다 덮을 때까지 그대로 서 있었다. 눈물이 차가운 볼을 타고 흘렀다. 날이 어두워지고 발이 다 젖어 감각이 없어졌을 때에야 휘청거리며 겨우 걸었다. 몇 번 미끄러지기도 했다.

　도저히 더 걸을 힘이 없다는 생각이 들었을 때, 어디선가 가냘픈 소리가 들렸다. 소리는 골목 안쪽에 묶여 있던 리어카 아래에서 났다. 겨우 숨이 붙은 것의 소리. 태오는 넘어진 채로 그 아래를 바라보았다. 새끼 고양이었다. 웅크린 그것이 추위에 떨면서 소리로 존재를 알리고 있었다. 리어카 아래에 손을 뻗어 그것을 조심스럽게 붙들었다. 그리고 점퍼 안, 스웨터 안쪽에 조심스럽게 넣었다. 겨우 온기가 남아 있는 그것을 어떻게든 살려야 했다.

　더는 걸을 수 없을 것 같았는데 걸음이 걸어졌다. 이 새끼 고양이를 살려내어라. 그것이 너의 사명이다. 하느님 음성이 들리는 듯했다. 대문을 열고, 마당에 쓰러지면서도 새끼 고양이가 다치지 않도록 옆으로 넘어졌다. 삼 일을 앓았다. 입안이 다 헐고 온몸이 두드려 맞은 듯 아팠다. 어디선가 간간이 새끼 고양이 울음소리가 들렸다. 그 와중에도 울음소리를 들을 때마다 안심이 되었다. 어머니가 꿀물을 조금씩 입안으로 흘려 넣어주었다.

잠결이었는데, 차가운 손이 이마에 닿았다. 눈을 떴다.

"좀 괜찮아?"

경준이었다.

"어떻게 여길?"

"무슨 소리야, 나 너네 집 신문을 배달하던 사람인 걸 잊었어? 너야말로 어떻게 된 거야, 이 꼴은 또 뭐고."

새끼 고양이 울음소리가 들렸다. 방구석 종이 상자 안에서 나는 소리였다.

경준이 일어나려는 태오를 벽에 기대앉을 수 있게 도와주었다. 상자를 바라보았다. 고양이가 밖으로 나오려는지 얼굴이 삐죽 보였다.

"이 녀석이 얼마나 살려고 발버둥을 치는지 정말 대단해. 그악스러울 정도야. 볼래? 네가 다 죽어가는 재를 구해왔다면서?"

겨우 울음으로 신호를 보내던 그 새끼 고양이가 맞나 싶게 발톱을 종이 상자에 박고 오르려 몇 번을 시도했다. 그러더니 결국 상자 끝까지 올라 상자 밖으로 떨어져 넘어졌다. 그리고 놀랍게도 바로 몸을 돌려 방바닥을 이리저리 걸어 다니는가 싶더니 태오에게 다가왔다. 새끼 고양이는 태오가 어떻게 하기도 전에 허벅지를 타고 오르더니 당연하다는 듯이 허벅지 사이에 자리를 잡았고, 고개를 들어 태오를 한번 바라보았다. 그리고 쭙쭙 소리를 내며 앞발로 태오의 허벅지를 꾸욱꾸욱 집어 눌렀다 놓았다를 반복했다. 잠깐 사이 벌어진 일이었다.
"경준아, 얘, 얘 왜 이러는 거냐."
기운이 없었는데, 고양이의 이런 행동이 대견하고 신기했다.
"네가 자길 살려준 사람이라는 걸 아는 모양인데?"
아직 털도 고르게 나지 않아 삐죽삐죽하고, 꼬리도 쥐 꼬리 같고, 색깔도 밤색에서부터 진한 갈색까지 얼룩덜룩하게 섞인 못생긴 고양이였다. 태오가 살린 고양이였고, 태오 품으로 걸어 들어온 고양이였다. 천천히 조심스럽게 고양이 몸을 쓰다듬었다. 고양이는 꾹꾹대는 일에 정신이 없는지, 태오가 쓰다듬어도 아랑곳하지 않았다.
"오늘이 며칠이야?"
문득 생각난 듯이 물었다.
"3월 1일. 내일 개학이야, 학교에 가야 하잖아."
"학교엔 가지 않을래."
새끼 고양이를 쓰다듬으며 말했다. 고양이가 태오에게 걸어오고, 자리를 잡고, 꾹꾹대는 동안, 태오는 자신의 긴 방황이 끝났다는 걸 알았다. 이 고양이를 만나 살리려고, 그렇게 헤매 다닌 것도 같았다.

"그 애긴 나중에. 그보다 건넛방 사람들이 며칠째 들어오지 않은 거 같아. 혹시 아는 거 있어?"

경준이도 잘 모른다고 했다. 몇 번 공장 앞으로 갔지만 정문 밖에서는 무슨 일이 벌어지고 있는지 잘 알 수 없었다고, 며칠 전에는 정문에서 퇴근 시간이 될 때가지 기다리기도 했는데 그 시간 때에 교대가 아니었는지 만날 수 없었다고 했다.

"그보다 왜 학교에 가지 않겠다는 거야? 나야 그렇다 쳐도 넌 학교엘 가야지."

"신학교에 들어가려고. 사제의 길을 걸을 생각이야. 먼저 신부님을 찾아뵈어야지. 그때 이후로 못 뵈었어. 함부로 종을 쳤으니 사죄도 해야 하고. 받아줄지 모르지만 말이야."

경준이 아무 말도 하지 않고, 그러나 언제든 긴 이야기를 들어줄 것 같은 눈빛으로 태오를 바라보았다.

"어쩌면 네가 공장에 들어가려는 것과 같을지도 몰라. 네가 말했잖아. 다 제 생의 바퀴를 굴린다고, 넌 앞으로 나아가겠다고. 나도 내 방식대로 조금 더 앞으로 나가보려고. 돌이켜보니 종을 치던 그 새벽에 미은이 거기로 온 그 순간부터 내 길은 정해져 있었던 것도 같아. 그날부터 지금까지 헤매며 얻은 결론이야. 경준아, 이게 최선인지 아닌지 몰라도 지금은 이 길을 가야 할 거 같아."

경준이 우려의 눈빛을 거두지 않은 채 바라봤다.

"널 처음 볼 때부터 든 생각인데, 우린 많이 다른 거 같은데 또 비슷한 구석도 많은 거 같아. 난 네가 종을 치는 걸 볼 때부터 어쩐지 이 길을 걸을 거 같았어. 왠지 네게서 성직자의 모습이 보이더라고. 다시 볼 땐 신부님이라고 부르게 되는 건가."

"너는?"

"난 우선은 돈이 급하니 공사장에서 좀 더 일해서 여동생을 챙기고, 그리고는 군대를 가든 공장에 들어가든 해야지. 걱정 마, 난 내 자리에서 열심히 살 테니까. 태오 신부님이 잊지 않고 기도해주겠지 뭐."

묵상과 공부와 기도와 노동을 하며 하루를 열고 닫았다. 모든 것이 고되었다. 스스로를 고립하고 가둬야 했다. 가끔 경준이 편지를 보내왔다. 미은이 동료들과 여전히 싸움 중이라는 소식도 전해주었다. 그녀들은 농성을 하고, 자신들의 싸움을 연극으로 만들어 발표하기도 하고, 죽음을 건 단식을 하기도 했지만 여전히 해결될 기미는 보이지 않는다고, 그녀들 누구도 싸움이 이렇게 길어지리라고는 생각하지 못했을 거라고 했다. 답동성당에서도 농성을 했고, 신부님이 이 문제를 해결하기 위해 노력하고 있다는 얘기도 했다.

밥을 먹은 뒤 죽은 영혼을 위해 기도하듯, 마지막 잠자리에 들기 전에 세계 평화를 위해 기도하듯 미은과 동료들을 위해 기도했다. 경준의 편지에서 미은의 소식을 들을 때마다 하느님의 존재에 대해 흔들렸고 답을 찾으려 더 매달렸다.

십 년이라는 적지 않은 세월이 흘렀다. 많은 것들이 희미해졌고, 부질없어졌다. 경준이 공장에 다니다 군대를 갔고, 제대해 다시 공장에 들어가고, 아주 가끔씩 편지를 보내왔다. 그 속에서 미은은 아직도 싸우고 있었다. 그녀들은 그 긴 세월 동안 여전히 거리에 있었다. 무자비한 폭력과 똥물을 뒤집어쓴 여공들을 이 세상은 구원하지 않았다. 그녀들이 원했던 건 노동법에도 못 미치는 최소한의 기본을 지켜달라는 것이었고, 지금 그녀들이 원하는 건 부당한 해고에 대한 복직이었다. 왜 이 문제가 해결되지 않는지 이해할 수 없었다. 태오를 흔들리게 하고, 또 강하게 붙들기도 하는 질문이었다. 서품을 받기 전 마지막 열흘, 대침묵에 들어간 동안, 깊고 고요하게 침잠했고 고통스럽게 기도했지만 대답은 끝내 찾지 못했다.

서품식 준비를 해왔지만 떨리는 가슴을 진정할 수가 없었다. 이제, 서품식이 끝나면 어머니의 아들이 아니라 하느님의 사제가 되는 것이다. 태오는 알바에 허리띠를 두르고, 왼쪽 어깨에서 오른쪽 허리로 영대를 걸친 뒤, 다른 부제들과 성당

안으로 들어섰다. 스테인드글라스를 통해 들어온 빛이 은은하게 스며들었다.

태오는 본인의 이름이 불릴 때 큰 소리로 "예, 여기 있습니다" 대답했다. 큰 소리로 대답했지만 그 끝이 미세하게 떨렸다. 여기 있습니다, 여기, 다른 어디도 아닌 여기, 당신의 부르심이 있는 자리에. 주교님의 질문이나 서약도 준비한 대로 대답했다. 하나하나 답할 때마다 태오는 자신이 무엇을 선택했는지, 그리고 무엇을 포기했는지 다시 한번 깨달았다.

제단 앞 바닥에 엎드렸다. 평복례. 흰 천을 깔아놓은 바닥에 가장 낮은 자세로 엎드려 스스로를 완전히 비워나갔다. 성가대의 연도 소리가 성당을 가득 채웠다.

주님, 자비를 베푸소서. 주님 자비를 베푸소서. 그리스도님, 자비를 베푸소서. 그리스도님 자비를 베푸소서. 주님, 자비를 베푸소서. 주님 자비를 베푸소서. 성모마리아님, 저희를 위하여 빌어주소서. 성모마리아님, 저희를 위하여 빌어주소서, 성 미카엘⋯⋯

성인의 호칭이 차례로 불리고 저희를 위해 빌어달라는 성가대의 연도송을 들으며 태오는 하염없이 눈물을 흘렸다. 기쁨과 슬픔과 두려움의 감정이 한꺼번에 밀려왔다. 자비를 베푸소서, 저희를 위하여 빌어주소서.

주교님과 사제님들이 차례로 태오의 머리 위에 두 손을 얹었고, 안수기도를 했다. 태오는 미사를 드리고 서품식을 받는 동안, 자신을 위해 빌어달라는 수많은 음성과 머리 위에 얹은 손의 무게를 생각했다. 축복의 무게를 생각했다. 짓누르는 동시에 떠받는 무게였다.

"전능하신 천주 성부 우리 주 예수 그리스도의 이름으로 너를 사제로 임명하노라."

주교님이 사제로 임명하는 순간 태오는 하느님의 종이었고, 백성들의 종이 되었다. 가장 낮은 자리에서 섬기는 사람이었다. 주교님이 손바닥에 성유를 바르며 십자 성호를 그었다.

신부님이 제의를 입혀주었다. 신부로서의 첫 임무인 성작과 성반을 받아 들었다. 사제가 되고 처음으로 성체를 나눠줄 때, 눈이 붉어진 어머니가 두 손을 내밀어 성체를 받았다. 어떻게 알고 온 것인지 미은도 있었다. 태오는 미은을 미처 못 알아볼 뻔했다. 눈이 붉기는 마찬가지였다.

미사가 끝나고 신자들이 축하 인사를 하는 사이 경준이 있었다.

"축하해."

경준의 목소리가 조금 떨렸다. 미은은 야위어 있었고 얼굴에는 피곤함이 가득했지만, 눈빛은 또렷했다.

"신부님." 미은이 태오를 그렇게 불렀다.

"신부님." 경준이 태오를 그렇게 불렀다.

태오가 경준과 미은의 손을 잡았다. 서로 다른 길을 선택했지만, 어쩌면 같은 곳을 향해 가고 있는지도 모른다는 생각이 들었다.

12

 그녀들은 똥물에 굴복하지 않았다. 구사대는 노조 사무실 유리창을 깨부수고 진입해 노조 간부를 끌어냈고, 노조를 강제로 점거해 선거를 치를 수 없게 했다. 한국노총 산하 섬유본조는 똥물 사태를 방관했고, 선거를 치르지 못한 걸 빌미로 동일방직 노조를 사고지부로 만들어버렸다. 나중에 안 일이지만 똥물을 뿌린 반대파 구사대 뒤에는 중앙정보부가 있었다. 중앙정보부가 개입해서 만들어진 사건이었다. 그 사실을 알았을 때는 온몸에 소름이 돋았다. 스무 살 남짓의 여성 노동자들이 좀 더 나은 공장 생활을 위해 목소리를 낸 것인데 무시무시한 중앙정보부까지 개입을 했다니. 믿기 어려운 일이었다.

길 위의 싸움이 시작되었다. 장충체육관이라는 데를 처음 갔다. 김일 레슬링으로 유명한 그곳에서 유인물을 뿌렸다. 한국노총에서 주관한 노동절 행사장이었다. 그녀들은 질질 끌려 나왔고, 들려 던져졌다.

명동성당에서는 기도가 아니라 단식투쟁을 했다. 죽음을 각오했다. 의식을 잃고 병원에 실려 가면 다시 주삿바늘을 뽑고 단식 농성장으로 갔다. 어지러워 휘청거릴 때, 이러다 정말 죽을 수도 있겠다는 생각이 들었지만 그녀들에게 열린 길은 그 길밖에 없었다. 돌아서면, 발만 헛디뎌도 아득한 벼랑이었다.

124명 해고.

거기엔 미은과 선자의 이름도 포함되었다. 124명의 블랙리스트가 돌아다녀 취직해서 얼마간 일을 다니다가도 다시 해고되었다.

그래도 회사로 돌아갈 줄 알았다. 똥물을 뿌리고, 선거를 막고, 그녀들을 거리로 내몬 건 중앙정보부의 사주를 받은 회사 측이었다. 그녀들은 회사를 떠날 생각이 없었다. 오이지 국물에 밥을 말아 먹다 말고, 된장찌개의 두부를 건지다 말고 복받쳤다. 억울했다. 그만두고 싶어도 억울해서 그만둘 수 없었다. 지치고 힘들 때 파고드는 나약한 마음에 주저앉고 싶다가도 같이 싸우는 동료들을 두고 그럴 수 없다며 마음을 다잡았다. 맞아가며 끌려가며 굶어가며 구치소에 갇혀가며 싸우는 동안 그녀들은 단련되었다. 다시 회사가 그녀들을 부르리라는 생각은 버렸다. 어느 땐가 선자는 우리는 노조를 우리를 위해 일하는 노조로 바꾸고 싶었던 것뿐인데 이제는 어쩌면 목숨을 걸어야 할지도 모르겠어, 하고 긴 숨을 쉬었다.

여름 한가운데였을 것이다. 매미가 극성스럽게 울었으니까. 선자와 도시산업선교회를 가는 길이었을 것이다. 이 고개가 싫었다. 한겨울에 이 고개를 넘어갈 때, 바람이 얼마나 세찬지 저절로 서러운 고개였다. 누군가는 한 많은 미아리고개가 아니라 한 많은 화도고개라고 한탄했다. 어둑해지는 길에서 자그마한 검은 뭉치를 봤다. 죽은 매미였다. 전봇대에 붙어 울다 떨어진 것 같았다. 왜 그랬는지, 미은은 매미를 주웠다. 죽은 매미였는데 형태가 흐트러짐 없이 그대로였다. 속이 말라버린 듯 한없이 가벼워 놀랐다. 이 가벼운 몸에서 짝을 찾아 죽을 듯이 울어대던 그 힘이 어떻게 나왔을까 싶었다. 몸에 붙어 있던 살이 다 울음으로 빠져버린 것 같았다. 죽어라 울어서 짝은 찾은 것일까. 몇 년을 땅속에 살다가 겨우 며칠을 지상에서 온 힘을 다해 울어낸 매미의 한생을 생각하면 가벼워도 너무 가벼웠다.

"달 봐라. 오늘이 보름인가, 달이 어째 저리 환하나."

선자가 가리키는 달을 보았다. 아직 아주 어두운 밤도 아니었는데 둥근 달이 오롯이 환했다.

"언제 달이 떴을까. 하늘도 제대로 못 보고 살았네. 달이 저렇게 동그랗게 떠 있는데 봐주는 사람이 없어 쪼매 섭섭했겠다."

섭섭했겠다. 달도 매미도.

저리 환하게 혼자 떠 있는 달이나, 몸이 가벼워질 대로 가벼워질 때까지 울었을 매미나 바라봐주는 이 없어 섭섭했겠다.

어디선가 고소한 참기름 냄새가 났다. 고개 오른쪽 기름집에서 나는 냄새일 것이다. 하늘엔 보름달이 떠 있고, 어디선가 고소한 참기름 냄새가 나는 언덕에서 죽은 매미를 들고 있는 미은의 머릿속으로 자꾸 섭섭했겠다, 라는 말이 맴돌았다. 보름달과 매미만 섭섭한 게 아니라 미은도 알 수 없는, 누구에게랄 것도 없는, 그러나 분명히 섭섭한 감정이 밀려왔다. 참기름 냄새가 멀어지고, 걸어가는 동안 몇 번 더 달을 보았다. 매미는 교회 지붕 위에 올려놓았다.

미은과 선자는 1985년 5·3인천항쟁의 한가운데 있었다. 어떻게든 노동자의 목소리를 내고 싶었다.

그리고 1987년. 어디든 공장이 있는 곳이면 담벼락에 붉은 플래카드가 걸려 있었다. 민주노조 건설, 임금인상 쟁취. 1987년 여름, 마산과 창원의 수만 명 노동자가 트럭이며 샌딩머신 등을 앞세우고 6차선 도로를 점거하고 행진을 벌이는 광경을 텔레비전으로 보았을 때, 미은은 차오르는 감격으로 주저앉아 울었다. 텔레비전에 나오는 그들, 노동자들은 거대한 물결이자 활활 타오르는 불꽃이었다.

노동자들이, 억눌렸던 노동자들이 이렇게 들고일어나 세상의 주인으로 우뚝 설 수 있구나. 봐라, 우리 공순이 공돌이가 이런 사람들이다! 큰 소리로 자랑하고 싶었다.

미은은 여성노동자의집을 나와 인천교를 지나다가 목재공장 담벼락에 내걸린 플래카드를 보았다. 민주노조 건설. 이 공장에서도 노조를 만들었나 보네 생각했다. 동지애가 싹텄다. 공장 마당에서 구호를 외치는 소리가 들렸다. 발을 돌아 안을 들여다보았다.

"어이, 아가씨, 거기서 뭐 하는 거요?"

우렁우렁한 목소리에 깜짝 놀라 고개를 돌렸다. 붉은 머리띠를 두르고 턱 주변으로 수염이 난 남자가 긴 봉을 들고 서 있었다.

"아니, 뭐 하나 궁금해서······"

괜한 시비가 붙을까 봐 조심스러웠다.

호탕하게 웃는 소리가 들렸다.

"이미은!"

세상에, 경준이었다! 언젠가 그가 목재공장을 다닌다는 말을 들었는데 이 공장인 줄은 생각도 못했다. 경준이 태오와 같이 종을 쳐줄 때만큼 반가웠다.

"뭐야, 왜 여깄는 거야?"

미은은 그의 손을 무람없이 잡고 흔들며 말했다. 몰라서 묻는 게 아니라, 그가 이 자리에 있다는 게 너무 반가워서 물었다.

아주 가끔 경준을 만났다. 태오가 사제 서품식을 받을 때는 한없이 눈물을 흘리는 태오를 보며 같이 눈물을 찍기도 했다. 경준이도 몇 군데 공장을 거쳐 몇 년 전부터 목재공장에 다닌다는 소리를 들었는데 이렇게 만날 줄 몰랐다. 미은이 반가워하는 사이, 경준이 미은의 손을 잡아 공장 안으로 끌었고, 합판으로 만든 집회 연단에 올라서게 했다.

"여기 서 있는 이분은 보기에는 여려 보여도 우리보다 훨씬 먼저, 십 년쯤 전에 방직공장에서 민주노조를 위해 싸우다 해고된 우리들의 대선배님입니다. 우리야 지금 전국적으로 민주화 바람을 타고 민주노조를 만들어 임금 협상을 하려고 하고 있지만, 이분이 노조를 민주화시키려던 그 당시는 지금보다 훨씬 엄혹한 박정희 정권 시절이었습니다. 여기 이 선배님을 비롯해 우리보다 한참 어린 여성들이 한국 최초로 여성 노조위원장을 당선시키고 노조를 민주화하기 위해 싸웠습니다. 정말 대단한 선배님입니다. 이분들의 싸움이 있었기에 오늘 우리가 이 자리에 있을 수 있는 것입니다. 마침 이 앞을 지나가길래 제가 막무가내로 잡아끌었습니다. 자, 우레와 같은 함성과 박수!"

갑자기 벌어진 일이라 당황했지만 미은은 '선배다운' 모습을 보이려 애썼다. 이 싸움을 여기서 멈춰서는 안 된다는 말, 회사 측의 회유나 압박에 넘어가지 말고 서로 믿고 단결할 때 힘을 가질 수 있다는 말, 끝까지 싸워 이기라는 말을 했다. 연단에서 내려오는데 엄청난 박수가 쏟아졌다. 미은의 얼굴이 붉어졌다.

그날, 경준과 근처 밥집에서 김치찌개에 밥을 먹었다. 둘이 밥을 먹는 건 처음이었다. 경준은 식당 주인과는 허물없는 사이 같았다. 주인이 자꾸 이쪽을 홀낏거렸다.

"사장님, 왜 자꾸 쳐다봐요?"

경준이 웃으며 물었다.

"쳐다보긴, 아니, 누군가 궁금해서 그러지. 매일 시커먼 놈들끼리만 몰려다니더니 웬일인가 싶어서."

미은이 웃었다.

"제 여자 친구예요. 맨날 시커먼 놈들하고만 다녀서 이렇게 예쁜 여자 친구가 있는 줄 몰랐죠?"

경준이 농담을 했다.

"진짜야? 아가씨, 진짜예요?"

식당 주인이 믿을 수 없다는 듯이 미은을 바라보았다.

"네, 여자 친구 맞아요."

미은이 분위기를 맞춰주느라 그렇게 대답하자 식당 주인의 눈이 둥그레지고, 몸짓이 커지면서 와하하, 웃었다.

"우리 경준이가 여자 친구가 있었네, 그렇다면 내 가만있을 수 없지."

주인이 주방으로 들어가더니 계란프라이를 두 개 부쳐와 서비스라고 내놓았다. 주인이 주방으로 들어간 사이 경준을 바라보고 웃었다.

"나는 살면서 한 번도 농담 안 해봤다. 그럴 정신도 없었고."

경준이 의미심장하게 말했다. 미은이 어설프게 웃었다. 갑자기 경준이 남자로 보였다. 갑자기는 아닐 것이다. 조금 전 만났을 때, 연단에 미은을 올라서게 할 때, 예전에 태오와 만났을 때의 경준이 아니었다. 그때는 얼굴이 어두워서 그랬는지 알 수 없는 무언가가 자꾸 그를 절망 쪽으로 끄는 것만 같았다. 지금은 전혀 다른 사람 같았다. 듬직하고 자신감이 넘쳤고, 그 와중에 꽉 다문 입술 옆 한쪽 보조개는 다정해 보였다.

"자, 여자 친구 된 기념으로."

경준이 김치찌개에 든 돼지고기를 건져 미은의 밥 위에 올려주었다. 미은은 어어, 하고 떠밀리듯 갑자기 이게 무슨 상황이지, 했는데 그 떠밀림이 좋았다.

싸울 때도 힘들 줄 몰랐다. 바쁜 와중에도 틈을 내어 잠깐씩 경준을 보았다. 경준이 성당 앞에서 처음 볼 때부터 미은을 좋아했다고 고백했다. 머리카락은 헝클어지고, 얼굴은 눈물범벅에, 똥물이 묻은 옷을 입고 있었는데, 그때 미은의 분노가 온몸으로 전해오는데, 가슴 한쪽은 까닭 없이 뛰고 뭉클하더라고 했다. 미은은 말도 안 된다고 했지만 헤어질 때는 더 꼬옥 끌어안았다. 경준이 미은을 만나면서 달라졌다. 무엇보다 수다스러워졌다. 살면서 참았던 말을 다 쏟아내는 것 같았다. 좋아서, 이렇게 앉아서 너랑 마주 보고 얘기하는 게 좋아서.

경준이 임금협상을 잘 타결하고 노조도 안정되었을 때 결혼을 했다. 공장의 언니들부터 함께 싸움을 했던 많은 선배님들, 경준의 공장 동료들까지 참석해 결혼식이 열리는 성당이 좁아 보일 지경이었다. 엄마는 연신 눈물을 훔치며 미은의 어깨를 두드렸다. 이 많은 사람들이 네 결혼을 축하해주는 걸 보니 잘 산 게 맞다고. 명숙과 선자는 어디서 돈이 났는지 냉장고를 결혼선물로 해주었다. 신혼여행엔 명숙과 선자도 같이 갔다. 둘째 날엔 태오도 합류했다.

민주화운동 관련자 명예회복 및 보상심의위원회로부터 민주화운동 관련자로 결정이 나기도 했다. 긴긴 세월 길거리로 내몰렸던 똥물 사건이 중앙정보부의 개입, 그러니까 정치권력에 의한 부당해고라고 회사에 복직을 권고하기도 했다. 진실화해위원회는 진실규명을 결정했고, 중앙정보부를 비롯한 국가기관이 개입한 인권침해 사건이라는 걸 분명히 했다. 그때 그냥 두었더라면 어쩌면 월급을 조금 더 올리고, 조금씩 환경을 개선해가며 공장을 열심히 다녔을 텐데.

여름에서 또 여름으로, 겨울에서 또 겨울로. 스물의 청춘이 일흔이 다 되거나 넘었다. 남편이나 자식이 그렇게 싸웠던 엄마를 당당하게 봐주었다. 다 그런 것은 아니었다. 그 일을 가족이나 주변에 숨기는 이도 있었다. 일부러 연락을 피하는 이도 있었고, 말을 꺼내는 것조차 힘들어하는 이도 있었다. 그리고 곁을 영영 떠나버린 이도 있었다. 이렇게 싸움이 길어질 줄은 아무도 몰랐다.

그렇다고 미은이 그 많은 날들을 매일 싸우며 지낸 건 아니었다. 매일 밥하고 빨래하고 청소하고, 시장에 가면 한 푼이라도 아끼려고 장을 다 돌아보고서야 싸고 좋은 물건을 샀다. 때 되면 잘 익은 붉은 고추를 사서 길가 한 귀퉁이에 널어 말리기도 했고, 버려진 스티로폼 박스가 아까워 상추 모종이나 깻잎을 심기도 했다. 김장을 해서 혼자 사는 명숙이나 선자에게 몇 포기 가져다주기도 했다. 선자는 여성노동자 모임을 조직하고 거기서 일을 하거나, 지역의 노동상담소, 혹은 지원센터 같은 데서 오랫동안 일을 했고, 늘 바빴다. 그래도 옛 동료들과 공장 모임 하는 날엔 어떤 일이 있어도 빠지지 않았다. 그렇게 오십여 년이 흘렀다. 오십 년이라니. 그 아름답고 발랄했던 청춘은 어디로 간 것일까.

선자와 마찬가지로 미은은 외롭게 싸우는 이들이 있는 곳이면 어디든 달려가려 했다. 경준과 같이 갈 때는 더 든든했다. 오랫동안 고공농성을 하는 동지들, 침몰한 배에 아이를 묻은 부모들, 축제일에 압사당한 이의 가족들, 산재사고로 억울하게 죽은 이의 가족들. 어디든 갔다. 가서 피켓을 들든, 청소를 하고 밥을 하든, 구호를 외치든, 행진을 하든, 얘기를 나누든, 뭐든 했다. 온갖 악의적인 폭력에 맞서 오랫동안 싸워야 할 때, 그걸 그들만이 감당하게 하고 싶지 않았다. 고립되지 않게 곁에 있다고, 혼자가 아니라 이렇게 누군가 옆에 있다고 그러니 쓰러지지 말라고, 부디 기운을 내라고 알려주고 싶었다. 그건 미은을, 명숙을, 그 아이 찰떡을 위해 태오와 경준이 종을 쳐주었던 것과 같았다. 몸이 단련될 만도 한데 그렇게 다녀온 날은 온몸이 맞은 것처럼 아팠다. 현장에서 더 씩씩하게 소리 지르고 움직였던 만큼 밤새 앓았다. 그래도 그 일을 멈추지 않았다. 몸이 아플 때면 가끔 태오에게 문자를 보냈다. 신부님, 저를 위해 기도해주세요. 그러면 바로 전화 벨이 울렸고, 화면에 '김태오 신부님'이라고 떴다. 그걸 보면 박카스를 단숨에 비운 것처럼 기운이 났다.

  그렇게 싸웠어도 결국 해고는 철회되지 않았다. 부당한 해고를 인정할 수 없으니 하루라도 공장에 들어가 일하다가 사표 쓰고 당당히 걸어 나오게 해달라는 그 요구를 끝내 회사는 들어주지 않았다.

13

명숙에게서 전화가 왔다. 받아보니 경찰이었다. 명숙이 새벽에 성당 마당 앞에 쓰러져 있었고 신고를 받고 출동했을 때는 이미 심장이 멎은 뒤였다고 했다.

"성당 마당이라고요?"

미은은 그렇다는 경찰 대답에 길거리에서 풀썩 주저앉았다. 며칠 전에도 미은은 선자와 만나 명숙과 하룻밤 같이 잤다. 석호가 폐암으로 일찍 죽는 바람에 명숙은 혼자 살았다. 길 위에서 싸움을 할 때도 꼭 시간을 내서 명숙을 만났다. 명숙은 찰떡이를 잃은 뒤로 공장에 나가지 않았다. 도저히 무서워서 다닐 수가 없다고 했다. 미은은 명숙이만 생각하면 가슴이 아팠다. 선자가 투표하러 오지 말라고 했는데 명숙은 그래도 의리가 있지 그건 아니라며 투표장으로 갔다. 설마 똥물을 뒤집어쓰고 폭행을 당하리라고 누가 상상이나 했을까.

그건 지금도 상상조차 할 수 없는 광경이었다. 그때 그 일이 눈앞에 선명한데도 그랬다. 그들은 미친놈들처럼 날뛰었다. 어디든 마구 똥을 뿌렸다. 머리에도 가슴에도 귀나 입에도 똥이 들어갔다. 거기다 몽둥이까지 칼춤 추듯 휘둘렀다. 어디로든 도망쳐야 하고 숨어야 했다. 명숙을 발견한 건 기숙사 담벽에 쓰러지듯 주저앉아 있을 때였다. 배를 감싸 쥐고 울던 명숙이. 그때야 정신이 퍼뜩 들었다.

미은이 명숙을 부축해서 공장을 빠져나와 병원이 있던 신흥동 쪽으로 나올 때 겨우 걸음을 옮기던 명숙이 갑자기 사거리에서 병원이 아니라 성당으로 가자고 했다. 한시가 급하다고 안 된다고 해도 막무가내였다. 명숙이 고개를 저었다. 엉거주춤 선 명숙의 허벅지를 타고 붉은 피가 흘러내리고 있었다. 명숙이 울먹였다.

"이미 늦은 거 같아. 찰떡이가 움직이질 않아. 아아, 우리 찰떡일 이렇게 보낼 수는 없잖아. 똥물을 맞는 어미 모습을 마지막으로 기억하게 할 순 없잖아. 차라리 성당으로 가자, 가서 알리자. 똥물을 뒤집어쓴 우리를, 찰떡이를 알리자. 그리고 할 수만 있다면 기도해줘. 우리 찰떡이에게 종소리를 들려줘."

명숙이 어떻게든 말리려는 미은을 잡았다.

"알려야지. 우리가 당한 전부를 신부님에게 말해야지. 도와달라고 해야지. 너네 하느님은 전지전능하다면서."

그 순간 미은의 머릿속으로 태오가 떠올랐다. 태오가 새벽과 저녁에 종을 치니 어쩌면 성당에 있을지도 몰랐다. 찰떡이를 잃은 어미를, 똥물을 뒤집어쓴 그녀들을 알려야 했다.

태오와 경준이, 그리고 그들이 울려주던 종소리.

그 뒤로 명숙은 모든 걸 놓아버렸다.

명숙의 유골을 바다에 뿌리는 게 어떻겠냐고 얘기를 꺼낸 건 선자였다. 명숙에게 따로 가족이랄 만한 사람이 없었다. 친정 부모는 진즉에 돌아가셨고, 석호가 일찍 죽는 바람에 시댁과도 멀어진 지 오래였다. 자식도 없었다. 미은과 선자가 달려갔다. 작지만 빈소를 얻었다. 선자는 명숙이 바다를 좋아했고, 따지고 보면 수십 년 바다 곁을 떠난 적이 없으니 마지막도 바다에 뿌리는 게 어떻겠냐고 했다.

해양장이라는 말을 처음 들었다. 드라마에서 보던 것처럼 나룻배 같은 걸 타고 강이나 바다로 나가 유골을 뿌려주는 게 아니라 장례 절차를 밟아 격식을 갖춰 진행한다고 했다. 유골도 아무 곳에나 뿌리는 것이 아니라 다시 찾아올 수 있게 지

정된 곳에 뿌리고, 언제든 연안부두에서 추모선을 타고 십 분만 나가면 만나볼 수 있다고 했다. 비용도 저렴하다고 했다. 누군가 조심스럽게 바다에 유골을 뿌리는 게 불법 아니냐고 했다. 선자는 오히려 국가에서 점점 더 장려할 거라고 했다. 전 국토가 묘지가 될까 봐 봉안시설을 만들었고, 이제는 그 봉안시설도 한계에 다다를 수밖에 없어 앞으로는 바다 장례가 자연장으로 훨씬 더 많이 이용될 거라고 했다. 듣고 보니 고개가 끄덕여졌다. 명절에 가족공원을 가보면 얼마나 많은 사람이 죽어 안치되는지 그 속도에 놀라곤 했다. 산 사람들은 점점 더 큰 아파트를 찾고 선호하면서 죽은 이를 위해 내어줄 공간은 줄어들었다.

"신부님, 춥지 않으세요?"

선자가 선실 밖에 있는 김태오 신부님에게 묻자 고개를 저었다. 신부님은 미은의 연락을 받고 저녁 무렵 찾아왔다. 일 년에 몇 번 보지 못하지만 그래도 잊지 않고 만났다. 늘 가까이 있다고 여겨졌다. 오십 년 가까운 세월이 차곡차곡 지나갔는데, 지나갈 때는 지나가나 싶었는데, 어제가 오늘 같고, 오늘이 내일 같았는데 어느새 환갑을 훌쩍 넘겨버렸다. 청춘이던 그 시절이 까마득하게 여겨지는 세월이었다. 선자는 처음에 신부님을 알아보지 못했다. 나중에 신부님이 세 들어 살던 주인집 아들이라는 걸 알고 깜짝 놀랐다.

물론 경준이 미은과 같이 왔지만 신부님까지 올 줄 몰랐다. 신부님은 당연한 듯 말했다.

"나를 이 자리에 있게, 사제가 되게 한 분이기도 하잖아. 와야지."

연안부두 선착장에서 출발한 배가 21번 부표에 도착한 지 십여 분이 지났다. 육지에서 5킬로미터 이상 떨어진 곳이라고 했다. 장례지도사는 항구에서 바다를 바라봤을 때 바다로 난 방파제에 빨간 등대나 하얀 등대가 있는 것처럼 조금 얕은 바다에도 작은 등대가 있는데 그걸 부표, 떠 있는 표식이라고 부른다고 했다. 그는 이 부표는 회사에서 임의적으로 세운 것이 아니라 나라에서 배들에게 길을 안내하려고 일정한 간격을 두고 세운 하나의 이정표라고 차분하게 설명했다.

부표는 크기가 작은 초록 등대처럼 보인다. 부표 꼭대기에 괭이갈매기 한 마리가 미동도 없이 앉아 있다. 언뜻 보면 부표의 장식 같다. 예전에 명숙이 그랬다. 갈매기들이 먹이를 낚아챌 때 보면 정떨어질 만큼 사나워 보이다가도 굳이 꼭 저렇게 외발로 서 있기도 어려운 돛대 끝에 앉아 있을 때 보면 저놈도 한평생 편한 생은 아닌 팔자인가 싶어 안쓰럽다고. 우리랑 거지반 다를 바 없는 팔자인가 보다 생각된다고. 그래서 배를 탈 때는 꼭 저 괭이갈매기가 돛대에 앉아 있나 보게 된다고. 앉아 있으면 동무를 만난 듯 마음이 편해진다고. 꽤 오

언제라도 안아줄게 | 203

래전 얘기다. 그 뒤로 미은도 배를 탈 때면 돛대 끝을 바라보는 버릇이 생겼다. 부표 끝에 앉아 있는 괭이갈매기를 보니 반가운 마음이 든다. 갈매기가 명숙의 마지막 가는 길에 배웅 나온 듯하다.

　기둥에 21이라는 숫자가 쓰여 있는 짙은 나뭇잎 같은 초록 부표는 바닥 깊숙이 박은 쇠사슬 같은 것과 연결된 것인지 물결이 출렁일 때마다 바닷물에 닿은 부표의 녹슨 밑동이 기우뚱 흔들리며 보인다. 흔들리긴 해도 넘어지거나 떠다니지 않고 제자리를 지킨다. 저리 바닷바람에 흔들려도, 바닷물에 녹슬고 삭은 옆구리를 시리게 드러내고도 그래도 살아지는 게 한 생인가 생각한다. 부표 21. 명숙의 안식처다.

　인천대교가 멀리서 보기에도 바다 한쪽을 감싼 듯 한없이 길다. 영종도, 물치도, 조금 전 배가 출항했던 연안부두, 그 뒤로 월미산 정상의 전망대도 보인다. 바다가 망망대해가 아니라 항구와 인천대교와 영종도, 물치도가 사방으로 감싸고 있어 호수 같다. 물결이 잔잔해 더 그랬다. 장례지도사는 날씨가 너무 좋다는 말을 여러 번 한다. 떠나보내기에 좋고 나쁜 날이 있을까마는 남은 이의 마음을 잔잔한 바다가 다독여 주는 듯하다.

　"명숙 언니, 그 아이를 만났을까?"
　"그 아이가 컸더라면 쉰 살이 다 돼가겠네. 세월 참."

어제저녁, 밤늦은 시간까지 미은과 선자는 잠을 이루지 못했다. 미은이 물었을 때 선자도 그 아이를 생각하고 있었던 것처럼 바로 말이 나왔다. 이제 미은과 선자만이 아는 그 아이였다. 미은이 그 아이라고 말하는 순간, 내내 참고 있던 눈물이 저절로 쏟아져 숨죽여 코를 훌쩍였다. 이상했다. 왜 명숙이 세상을 달리해 가장 먼저 만날 사람이 명숙의 부모가 아니라 그 아이, 찰떡이라고 생각했을까. 스물두 살의 명숙이 가슴에 묻었듯, 미은과 선자도 평생을 가슴에 묻었던 그날 그 아이. 이름도 없이 그냥 찰떡이었던 너. 너를 잃고 모든 것을 놓아버렸던 명숙이.

영정사진은 보정 처리를 했는데도 흐릿했다. 명숙의 휴대전화에서 좋은 사진을 찾으려 해도 적당한 사진이 없었다. 향에서 나온 한 줄기 연기가 바람도 없는데 흔들렸다.

"에이, 이 꽃은 냄새가 지독해. 지독해. 이상한 냄새야."

미은의 손자가 국화꽃을 흔들다 냄새를 맡더니 손부채로 냄새를 쫓았다. 미은의 딸은 남편과 시장 입구에서 칼국숫집을 하고 있어 미은이 아이를 도맡아 키우다시피 했다. 토요일이라 아이를 맡길 곳이 없었다. 경준이 손자를 볼 테니 염려 말라고 해서 데리고 나왔다. 아이는 배를 타는 일이 신이 나는지 투정도 안 부리고 할아버지 곁에 잘 있었다. 내년이면 저 아이를 학교에 보내야 하는데 그때는 또 어떻게 하나 걱정이었다.

아이에게 국화 향은 지독하고 이상한 냄새인가. 아이가 좋아하는 향은 섬유유연제에 들어갈 만한 향인가. 아이 말을 듣고 보니 국화는 진한 향이 아니라 지독한 향일 수도 있겠다는 생각이 든다. 진한 것과 지독한 것. 지독이라는 뜻은 독에 이르다, 라는 뜻인가. 그렇다면 국화에겐 너무 가혹한 말 아닌가.

조금 전 선실에서 마지막 상차림을 하고 추모제를 지낼 때 아이는 엉덩이를 들고 세배하듯 절을 했다. 그 모양이 대견하기도 하고 우습기도 해 저절로 입이 벌어졌다. 영정사진 뒤 벽 전체가 푸른 바다 사진이더니 선실 밖도 바다였다.

기도를 마치고 나오는 신부님 머리카락이 절반 이상이 흰 머리였다. 지는 노을빛에 머리카락이 두드러졌다. 경준이라고 다르지 않았다. 경준은 흰 머리카락뿐만 아니라 속머리가 비어가고 있었다. 만나면 한번씩 농담을 했다. 그 이쁜 아가씨들은 어디로 갔나, 그 똑똑하던 학생은 어디 갔나 하고. 세월을 이렇게밖에 얘기하지 못하지만, 그럴 때마다 허허 그러게, 하고 말지만 돌이켜보면 갈피갈피 주름지지 않은 곳이 없었다.

배가 부표 앞에 멈춰 서고 나무함에서 황토함으로 명숙의 유골 가루를 옮겨 담았다. 다들 흰 장갑을 끼고 화장의 기운이 빠지지 않아 아직 따뜻한 명숙을 한 줌 옮겨 담았다. 뼛가루는 몇 줌 되지 않았다. 황토함에 유골 가루를 담고 나자 장례지도사가 미리 준비한 장미꽃잎을 수북하게 올린 뒤 유골함 뚜껑을 닫았다. 명숙이 꽃다발을 받아본 적이 있을까. 언제 꽃을 받아 봤을라나. 마지막 길에 받은 꽃이라니. 장례지도사가 국화 한 송이씩 나눠주었다. 나중에 고인 가는 길에 편히 가라고 인사하며 바다에 던지라고 했다.

　드디어 붉은 장미꽃이 떠올랐다. 드디어, 라니. 이때를 기다린 것처럼 느껴진다. 바다를 바라보며 징표와도 같은 꽃잎이 떠오르길 기다렸으니 기다린 것이 맞긴 한 걸까. 떠오르는 붉은 꽃잎을 마주했다. 부명숙과 마지막 인사 시간이 다가온 것이다.
　황토함은 십여 분이면 흙이 돼 물에 풀어지고 그러면 그 안에 있던 꽃잎이나 유골이 저절로 떠오르거나 물결을 따라 흘러간다고 했다. 장례지도사의 말대로였다. 함을 긴 줄에 매달아 바다로 내려보낸 지 얼마지 않아 장미꽃이 떠올랐다. 함이 물에 풀어지기 시작하는 모양이었다. 모두가 꽃잎이 더 떠오르길 기다리고 있을 때 갑자기 음악이 꺼졌다. 음악이 들릴 때는 몰랐는데 미은은 자신도 모르게 음을 따라가고 있었다.

엄마가 섬그늘에 굴 따러 가면 아기가 혼자 남아 집을 보다가 바다가 불러주는 자장노래에 팔 베고 스르르르 잠이 듭니다. 오래전, 참 얄궂다고 생각한 그 노래였다.

명숙인 석호가 죽고 안 해본 일이 없었다. 그나마 마련했던 전셋집도 석호의 병원비로 다 들어갔다. 명숙은 석호가 그렇게 오랫동안 투병하다 가고 나자 배를 타는 쪽을 택했다.

명숙이. 그 아름답던, 미스동일이 되겠다고 붉은 힐을 신던 명숙이, 높은 콧대만큼 도도하던 명숙이, 사랑 앞에선 한없이 어린아이 같던 명숙이. 명숙이 배를 타게 되리라고는 상상도 못했다. 유람하는 배가 아니라 노동하는 배였다. 배에 타는 순간부터 내려서까지 일을 손에서 놓지 못했다. 언제부터 미은도 같이 배를 탔다.

동네 여자들과 같이 새벽이 밝자마자 만석부두에서 배를 타고 인근 섬으로 굴을 따러 갔고, 날카롭게 베이는 칼바람을 맞아가며 실한 굴을 골라 부대 가득 따 넣었다. 그러는 동안 장갑을 껴도 거친 굴 껍데기에 수없이 긁혔지만 거기에 신경 쓸 겨를이 없었다. 물이 들어오기 전에 딸 수 있을 때 무조건 많이 따야 했다. 그렇게 굴을 따고 또 배에 올라타면 시동이 걸리기도 전에 자리를 잡고 굴을 깠다. 한 알이라도 더 까려고 흔들리는 배에서 굴을 깠고, 배에서 내리자마자 겨우 바닷바람만 막을 수 있는 비닐이나 주워온 문짝, 루핑 쪼가리

등으로 덮은 굴막에서 굴을 깠다. 무게만 잔뜩 나가는 굴 껍데기를 굴막 앞에 다 버리고 굴만 남겨야 가지고 가기도 수월하고 팔기도 좋았다. 자연산 굴은 석화처럼 큰 굴이 아니어서 따는 것도, 까는 것도 배 이상 힘들었다. 그때 이미 손은 마디가 곱았고, 무릎도 연골이 다 닳아 망가졌다. 춥기는 얼마나 추웠던지, 한겨울에만 딸 수 있는 굴이 원망스러웠다. 그래도 돈 벌 욕심이 먼저라 한 알이라도 더 까려고 기를 썼다. 미은이 먼저 무릎 수술을 하는 바람에 그 일을 그만두었고, 명숙도 몇 년 더 하다가 힘에 부쳐 일을 놓은 지 그리 오래되지 않았다. 손가락이며 무릎이 더 이상 그 일을 할 수 없을 지경이 되었다. 굴 따러 가는 동안 아이는 저절로 컸다. 아이가 기다리는 줄 뻔히 알면서도 굴을 한 알이라도 더 까려고 기를 쓰던 세월이었다.

바이올린으로 아주 느리게 연주돼 슬픈 곡조를 담고 있던 노래가 꺼지고 잠깐의 정적이 흐른 뒤 다시 음악이 울려 퍼졌다. 바다 한가운데서 「섬집 아기」가 아니라 「아모르파티」가 흘러나왔다. 난데없는 상황이었다. 다들 어리둥절하고 있을 때였다.

"할머니, 춤춰봐!"

아이가 미은 앞에서 신이나 방방 뛰면서 들고 있던 국화꽃을 마구 흔들었다.

"갑자기 무슨 노래가……"

미은이 당황해 얼른 아이를 붙잡아 뛰지 못하게 했다.

이 노래가 젊은이들에게 인기를 끌면서 여기저기서 불렸다는 걸 잘 알고 있었다. 이 노래가 오락프로에서 불리면서 동네 아이들이 떠들고 부르며 지나가기도 했다. 환갑이 지났을 김연자 가수가 화려한 옷을 입고 나와 젊은이들과 어울리며 신나게 춤을 추는 광경을 보며 미은도 어깨를 들썩이기도 했다. 평생을 놀 줄 몰랐던 미은도, 인생을 즐기라잖아 하며 쓸쓸하게 위안 삼기도 했다.

"내가 이 노래로 틀어달라고 했다. 다들 그렇게 풀죽어 있지 말라고. 우리도 언제 갈지 모르는 인생이잖아. 그래도 우리 부명숙, 지지리도 고생했지만 그래도 명숙이, 당당하게 잘 살았어. 열심히 살려고 노력했고. 안 그래? 명숙이 가는 길 잘 떠날 수 있게 명숙이 좋아하던 노래 들으면서 잘 가라고 하자고. 그리고 남은 사람은 더 열심히 살면 되고. 아냐, 너무 열심히 살 필요도 없어. 열심히 살아봤자 개뿔 남는 것도 없잖아. 그래도, 난 그래도 좋다. 이 바다도 좋고. 명숙이 살아서는 유람 한번 제대로 못해봤지만 마지막이라도 이렇게 한가하게 배를 타고 가니 얼마나 좋으냐. 봐라, 뻘건 해가 질라고 그런다. 저 꽃잎 떠오르는 거 봐라. 명숙이도 기분 좋은갑다. 명숙이 악다구니로 살아온 날들처럼 가는 날도 그래야지.

죽음과 한판 부딪쳐야지, 안 그래? 그래야 부명숙이지. 명숙아, 우리 명숙아, 잘 가라. 거기선 니 하고 싶은 거 다 하면서 편히 살아. 다음 생애엔 빨간 뾰족구두도 신고, 미니스커트도 입고, 대학가요제도 나가고, 신나게 춤도 추고, 잘생긴 남자랑 연애도 찐하고 하고, 새끼도 많이 낳고. 그렇게 살자. 그러자, 우리."

선자가 큰 소리로 말했다. 큰 소리로 말하지 않아도 언제부터 목소리가 괄괄해졌다. 거침없이 욕을 내뱉기도 했다. 선자도 많이 변했다. 세월이 비껴가지 않았다. 아니, 비껴갈 리가 없었다. 어느 것 하나 쉬운 일 없던 인생이었다. 그래도 그런 선자가 든든했다. 춤을 추지는 않았지만 바다 위에 울려 퍼지는 「아모르파티」는 속을 후련하게 했다. 아무리 그래도 그렇지 「아모르파티」라니.

모처럼 셋이 모이면 그 옛날 모여 밤새도록 얘기하던 것처럼 이 얘기 저 얘기 했다. 초저녁잠이 쏟아지다가도 금세 말짱해지고는 했다. 처음에는 사는 얘기 하다 한탄하다 여기저기 안 아픈 곳이 없다고, 건강에는 뭐가 좋다더라 얘기하다가도 꼭 어느 순간에는 그 시절로 돌아갔다. 피부는 더 검어지고 주름지고 목소리도 걸걸해졌지만 그때만큼은 스무 살 그때의 청춘이 되었다. 이제는 그때를 기억하는 사람도 없었다. 그게 억울해서라도 그 시절을 얘기했다. 그때 스스로에게 얼마나 당당했는지. 언젠가 명숙이, 그래도 우리들 중에 선자 언니 네가 제일 잘 싸웠잖아, 하고 말했을 때, 선자는 사실 나는 지금도 그때 쿵쿵대며 다가오던 군홧발 소리가 끔찍하게 무서웠다고 했다. 우린 고작 스물도 안 됐거나 스물 몇 살인 나이였다고. 지금 생각해도 불쌍한 나이였다고. 무서웠는데 아닌 척 깡을 부렸다고.

"우린 말이야, 따지고 보면 누군가의 동생이나 누나, 딸, 엄마이기도 했잖아. 그런데 그 오랜 시간 왜 우리만 싸웠을까? 제 누나가, 동생이, 딸이 저 지경으로 당하고 있는데 왜 누구 하나 공장 담을 넘어 들어오지 않았을까, 누구 하나 끝까지 우리랑 싸워주지 않았을까. 무서운 년들이라고, 창피한 줄도 모르고 옷을 벗어 던지고 나 잡아봐라 했다고, 하다 하다 똥까지 처발랐다고, 저것들이 미쳤다고 손가락질하는 놈들 손가락을 왜 아무도 안 분질러준 걸까. 그땐 그런 생각도 안 했는데 나이가 먹어서 그런가 요즘은 그런 생각도 들더라고. 왜 겨우 스무 살 언저리 우리를 좀 더 보듬어주지 않았을까 하고 말이야."

선자가 말했다. 미은은 선자가 그런 생각을 할 줄은 몰랐다. 선자도 늘 강한 것만은 아니었다.

"말할 때 욕을 하잖아, 그럼 괜히 없던 깡이 더 생기더라고. 욕이 나쁜 것만은 아냐. 겁이 나는 걸 감춰줘. 그래서 더 욕을 한 거야. 욕에라도 기대보려고. 우리가 뭐 기댈 데가 있냐. 그랬더니 이젠 아예 버릇이 돼서 안 그럴려고 해도 말끝마다 욕이 붙네. 체면 구기게."

선자가 말했다. 일부러 욕을 하고, 그래야 버틸 수 있었던 시절이었다. 그래도 이 길고 긴 한 생에서 한 장면을 고르라면 그 시절을 고른다고. 왜 그런지는 모르는데 그래도 그 시절이 지금의 나를 있게 한 것 같다고.

선자는 그때를 생각하면 어쩔 수 없이 똥물을 맞던 그날, 그 사진이 제일 먼저 떠오른다고 했다. 카메라가 귀하던 시절이지만 그래도 성당에서 자조모임 할 때 찍은 사진도 있고, 벚꽃 필 때 자유공원에 올라가 줄 맞춰 서서 찍은 사진도 있는데 살다 보니 다른 사진도 아닌 그 사진을 제일 많이 보게 된다고 했다.

"우리가 지금 스무 살이면 뭐 하고 살았을까? 이쁘게 차려입고 연애하러 다녔을까?"

"지금 애들이라고 편한 줄 아니?"

그때 함께했던 이들의 안부를 궁금해하다가 길고 긴 싸움을 도와주던 신부님이나 목사님을 떠올리기도 했다. 또 누구누구. 우리 손을 놓지 않았던, 이름도 가물가물한 얼굴을 그렸고 그래도 그 사람들 덕분에 지금까지 왔다고 고마워했다.

재개발 애기가 나올 무렵부터 명숙의 치매가 시작됐다. 명숙은 고무줄놀이하듯 시간을 건너뛰었다. 건너뛰어 자꾸만 뒤로 갔다. 낡은 벽지 안쪽에서 떨어지는 흙모래 가루처럼 삶이 부스스, 조금씩 부서지고 있었다. 재개발 애기가 본격적으로 시작되던 때부터였다. 이제 일흔이 겨우 지났는데 명숙의 머릿속은 엉켜버렸다. 남들보다 흰머리가 빨리 났고, 얼굴에 검버섯이 피었고, 주름도 늘었다. 그 무엇보다 마음이 먼저 늙었다. 동네가 술렁였다.

미은이 찾아갈 때마다 명숙은 이사 가고 싶지 않다고 말했다. 아무리 편하다고 해도 아파트가 싫다고, 우뚝 솟아서 딱딱 들어맞는 집은 바라보기만 해도 정나미가 떨어진다고 했다. 아파트 쪽을 지나치려면 금방이라도 찍어 누를 듯한 덩치에 괜히 주눅이 든다고도 했다. 명숙이 무릎 연골이 다 닳도록 굴을 따고 까서 겨우 방 한 칸짜리 집이지만 마련했다. 방도 널찍하고 부엌도 깨끗했다. 매일 쓸고 닦으며 좋아했다. 미은도 아파트 말고 좀 허름하고 추워도 손때 묻은 살던 집이 마음 편했다. 익숙하다는 게 얼마나 큰 위안인지 잘 알았다. 낯선 게 싫었다. 아파트에 살아보면 다른 데서는 못 산다고 하지만 아파트에서 살아보지 않은 미은이나 명숙에게는 아파트가 얼마나 좋은지 아무런 감흥이 없었다.

재개발은 이루어질 듯 이루어지지 않았고, 꼬리를 물고 뜬 소문만 무성했다. 터를 팔고 나가야 하는 사람들에게 보상은 중요했다. 처음으로 대책위라는 이름으로 붉은 머리띠를 두르고 농성을 하고 관계기관으로 몰려가 터무니없는 감정평가에 항의하기도 했다. 보상금을 손에 쥐어도 더 나은 자리를 찾아가기 어려웠다. 명숙이네 동네를 찾아들면 동네 온기는 사라지고 금지, 위험, 결사반대, 철거, 이전 등 한 번도 들어본 적 없는 흉한 말들이 넘쳐났다. 명숙은 집회가 있을 때마다 쫓아갔다. 몸 생각해서 그러지 말라고 해도 듣지 않았다. 예전처럼 소리가 안 나와도, 팔이 제대로 안 올라가도 악을 썼다. 결사반대. 명숙은 집에 돌아갈 때는 머리가 어질거릴 지경이라고 했지만 또 어딘가에서 재개발 반대하는 모임이 있다고 하면 빠지지 않았다. 집을 뺏으려는 놈들한테서 까마득히 잊었던 분노가 솟는 모양이었다.

낮에는 방바닥에 등을 대본 적이 없는 명숙이 자주 졸았다. 미은과 얘기를 하다가도 가느다란 속눈썹과 속눈썹이 겹쳐지고 어찌해볼 수 없는 잠의 무게에 짓눌리듯 까무룩 경계를 넘어갔다. 그리고 거기, 희미한 것투성이, 이제는 까마득히 잊었던 한 시절이 경계도 없이 넘나들었다. 그 치열했던 삶이 박제되듯 빈집도 늘어갔다.

미장이나 보일러, 수도에 문제가 생기면 언제든지 달려와 집수리를 해주던 가게도, 얼큰한 해장국을 끓여주던 식당도,

분식집도 비어갔다. 장구 소리에 실려 민요 가락이 창문을 넘던 학원도 비었다. 달방을 운영하던 김포여인숙에는 더 이상 사람들이 머물지 않았다. 담쟁이만 빈집 벽을 타고 오르며 발자국을 찍었다. 이삿짐을 실은 트럭이 먼지를 날리며 언덕을 내려갔다. 명숙도 어딘가 비어갔다.

어느 날 명숙이 대문에 공가 표시로 시뻘건 페인트로 휘갈기듯 쳐진 동그라미를 자꾸 들여다봤다. 들어가지 말라는 험악한 경고문 앞에서 들어가지도 못한 채 서성였다. 친척보다 더 가까운 이웃사촌이었다. 미은은 자주 명숙을 찾았다. 동네에 들어설 때마다 점점 고요해져 잘못 들어서기라도 한 듯 움츠러들었다. 진저리치듯, 삶의 어딘가가 구멍이 뚫려버린 듯 명숙은 자주 길을 잃었다. 뒤숭숭한 바람만 빈집을 두드렸다. 나무로 된 전신주 옆 벚나무에는 한여름 극성스럽게 울어대던 매미도 찾아오지 않았다.

어느 해인가 명숙은 달동네박물관이라는 델 다녀왔다고 했다. 명숙이네 동네보다 훨씬 전에 재개발로 다 사라지고 아파트가 들어선 곳으로, 수도국산 꼭대기에 그들이 살던 모습을 재현해놓은 박물관을 만들어놓았다고 했다.

"내가 살던 동네가 저기 박물관이라는 데에 들어가 있더라. 남사시럽게 내가 살아온 것이 어떻게 구경거리가 된다니. 세상이 변했다고, 그때 살던 모습이 신기하다고, 원숭이 쳐다보

듯 들여다본다는 게 말이 되니. 박씨랑 똑같이 생긴 사람도 있더라. 첨엔 진짜 박씨하고 똑같아서 나도 모르게 이름을 불렀지 뭐니. 지들 아파트 짓자고 우릴 저렇게 박물관이라는 데 가둬놓을 참인 게지."

명숙은 누구와 싸움이라도 하듯 말을 뱉었다. 명숙이 얼굴은 웃는 것도 아니고 그렇다고 우는 것도 아닌 표정으로, 묘하게 일그러졌다. 깊게 팬 주름만 도드라졌다. 그런 명숙이 박제된 것처럼 보여 무서웠다.

명숙의 집에는 문패가 없었다. 포효하던 사자의 얼굴이 달린 대문은 녹이 슬어 한 귀퉁이가 떨어져 나갔다. 손오공의 금고아처럼 굵고 단단하던 손잡이는 어디론가 사라졌고, 대충 얽어놓은 철사로 대문을 잠갔다. 그러나 거대한 포클레인 앞에서 명숙도 주저앉을 수밖에 없었다. 싱크홀처럼 구역 전체가 매몰되었고, 사라졌다. 붉은 벽돌담도, 그 담을 넘어 꽃봉오리를 열던 목련도, 한 줌 햇볕 자리에 내다 널던 붉은 고추도, 스티로폼 상자가 아까워 그 안에 흙을 채우고 상추를, 혹은 분꽃을 피우던 날들도, 옥상 바지랑대에 걸려 휘날리던 옷가지들도, 골목을 뛰던 아이들의 까르르 웃던 발소리도 사라졌다. 한꺼번에 많은 것이 사라졌다.

공사가 진행되는 동안 키보다 몇 배는 더 높은 가림막이 쳐져 있었다. 가림막 안쪽을 들여다볼 수 있게 되었을 때, 언제

저렇게 다 부수고 갖다버린 것인지 그 많은 집들은 흔적도 없었다. 명숙은 집으로 들어가는 대신 가림막에 프린트된 오래된 풍경을 손으로 쓸었다. 시간이 박제되어 있었다. 명숙의 눈빛은 나날이 초점을 잃고 흐려져갔다. 미은은 정신 똑바로 챙기라고 명숙을 흔들었다. 어쩌면 미은도 그렇게 세월을 감당하게 될 테지만, 그 자리에 선 명숙의 얼굴은 한없이 까부라지고 있었다.

명숙이 어쩌다 그 추운 새벽에 집을 나가 성당까지 갔는지 아무도 모른다. 성당까지 가까운 거리가 아니었다. 무릎이 성치 않아 지팡이를 짚고 다녀야 해서 해 지면 집 밖 출입을 안 하던 명숙이었다. 그 걸음으로는 한 시간 가까이 걸렸을 길이었다. 2월 21일이었다.

나이는 숫자. 마음이 진짜. 가슴이 뛰는 대로 가면 돼. 이제는 더 이상 슬픔이여 안녕.

노래가 가슴을 쿵쿵 울리며 빠르게 리듬을 타자 그때를 기다린 듯 꽃잎 아래로 누런 황토 가루가 흘러가는 것이 보였다. 그렇게 부명숙은 일렁이는 물결과 꽃의 호위를 받으며 저 바다로 흘러들었다. 미은은 꽃잎이 물결을 따라 멀어질 때까지 눈을 뗄 수가 없었다. 모두 그 모습을 말없이 지켜봤다.

"명숙아, 바다는 이 세상 어디든 연결돼 있으니 어디든 가라. 훨훨 날아가라. 엄동설한에 굴 따러 다니던 그런 지긋지

굿한 기억, 그딴 거 다 잊고 세상 편하게 훌훌 날아다녀라. 명숙이 니가 말했잖아. 우리가 돈이 없지 깡다구가 없냐고. 이렇게 가는 게 한스럽지만, 이 바다야 어디든 못 갈 데가 없잖냐. 니 가고픈 데로 다 가. 이제 이 바다 다 네 꺼 해. 세상에서 제일 큰 집이다, 그쟈?"

선자가 큰 소리로 마지막 작별을 했다. 참았던 눈물이 울컥 솟았다. 스무 살에 만나 이렇게 늙어가는 걸 보면서도, 명숙의 아슬아슬한 모습을 보면서도 셋은 언제까지고 함께할 줄 알았다. 미은도 어딘가 무너져 내리는 마음을 추스르기 힘들었다.

추모선이 매일 다닌다니 명숙이 보러 자주 오자고 했다. 들고 있던 국화 한 송이씩을 명숙이 가는 바닷길에 던졌다. 경준은 아이에게도 할머니 가시는 길에 놓아드리라며 꽃을 쥐여줬다.

"저거 봐. 반짝반짝 크리스마스트리처럼 반짝여."

아이가 가리키는 바다에 햇빛에 반사된 물비늘이 반짝거렸다. 성탄 트리의 반짝이는 작은 불빛같이 보이는 모양이었다.

미은도 아까부터 바다를 보고 있었다. 수만 개의 촛불을 켜놓은 것처럼 반짝인다고 생각했다. 아무리 봐도 촛불이 타는 것처럼 보였다. 이렇게 반짝이는 바다 위 길을 따라 한 생을 마감하는 것도 그리 나쁘지 않겠다고 생각하던 참이었다.

"할아버지, 근데 저거, 고래 같지 않아? 저기 저거."

다들 아이가 가리키는 곳을 바라봤다. 배가 만든 물결이 부드럽게 휘어 아이 눈에 고래처럼 보이는 모양이었다.

"응? 그러게. 정말 고래 같네."

경준이 대답했다. 태오도 옆에서 고개를 끄덕였다.

"할아버지, 저 바다 밑에 정말 고래가 있는 거 아냐?"

"그럴지도 모르지."

경준의 말을 들으며 미은은 바다를 내려다보았다. 황토와 명숙의 뼛가루는 흔적도 보이지 않았고 꽃잎은 물결에 밀려가고 밀려오기를 반복하며 천천히 멀어지고 있었다.

가족 여러분, 여러분의 정성으로 고인 분을 편안하게 잘 모셔드렸습니다. 배가 부표를 한 바퀴 돌면서 고인 분께 마지막 인사를 드리겠습니다. 부표를 한 바퀴 도는 동안 고인 분과 인사를 나누시기 바랍니다.

안내방송이 흘러나왔다. 다들 배에 올라탈 때보다 조금은 홀가분한 모습이었다. 배가 초록 등대 21번 부표를 천천히 돌았다. 부표는 작은 등대 모양을 하고 있지만 다른 등대처럼 밤에 불을 밝히지는 못할 거 같았다. 미은은 생각했다. 우리의 삶이 저 부표처럼 이정표가 되지 못한다는 걸 잘 안다. 애초에 그럴 마음도 없고, 그럴 주제도 못 된다는 걸 잘 안다. 몸 어딘가는 저 부표처럼 녹슬어갔지만, 세상 풍파에 흔들릴 수밖에 없었지만 그래도, 그래도 이렇게 살아온 삶에 후회는 없다. 그건 선자도, 이렇게 떠나는 명숙이도 마찬가지다. 늘 그렇게 말해왔으니까.

가족 여러분, 마지막으로 배가 기적을 세 번 울리고 입항하도록 하겠습니다. 기적이 울리는 동안 고인 분과 작별 인사를 나누시기 바랍니다.

뿌우웅 뿌우웅 뿌우웅, 뱃고동을 닮은 기적이 세 번 울렸다.

가족 여러분, 이제 모든 과정을 마치고 부두로 입항하겠습니다. 안전한 입항을 위하여 선실로 입실하여 직원의 안내를 따라주시면 감사하겠습니다.

다들 해 질 녘의 찬바람에 몸을 움츠리고 서둘러 선실로 들어갔다. 미은은 선자와 남아 난간을 잡고 서서 지는 해를 바라보았다. 내일 비나 눈이라도 오려는지 노을이 붉다 못해 검붉었다.

"날이 봄날 같다야. 배 타고 나간다고 추울까 봐 잔뜩 껴입었더니 오히려 덥네. 봄이 머지않았나 봐."

선자가 점퍼 지퍼를 조금 내렸다.

"우리 그때, 삼교대 하느라 힘들었는데도, 노조 일 한다고 잠도 못 자고 모여서 토론하고 싸우고 했지. 무슨 나라를 구하는 일도 아닌데 그리 결연해갖고 열심히 싸웠나 몰라. 여의도 부활절 집회까지 쫓아가 마이크를 잡고, 대학교에 가서 대학생들 앞에서 무식한 공순이가 뭘 안다고 되지도 않는 말 벌벌 떨면서 했잖냐. 그때 우리 마음속엔 온통 그게 전부였으니까. 그렇게밖에 우리를 알릴 방법이 없었으니까. 무서웠는데, 슬프고 고달팠는데 그래도 나 자신이 부끄럽진 않아. 그때를 잊지 못하는 것도 그때만큼 당당하게 살았던 적이 없어서일 거야. 난 후회 없어."
선자가 까마득한 옛날인데 바로 어제 일 같기도 하다며 말했다.
그때 미은은 땀으로 범벅이 된 채 솜먼지 가득한 공장 안에서 방적기에 걸린 실이 끊어질까 봐 종종걸음 쳤었다. 청춘이었지만 꽃처럼 피어났다고 말할 수 없었다. 일렁이는 봄에도 스스로 꽃피고 있는 줄 몰랐다. 벚꽃잎이 분분히 날리던 봄날, 땅속을 뚫고 나오는 아지랑이처럼 한없이 간질거려 「나 어떡해」를 부르던 미은, 명숙, 선자. 봄밤이었는데, 벚꽃도 날리고, 그냥 집에 들어가긴 그랬는데 그땐 마음이 제멋대로 날리는 벚꽃처럼 풀어지질 않았다.

에필로그

아득한 곳에서 종소리가 들려왔어. 성당의 종소리. 너는 그 소리를 들어. 묵직한 진동 소리, 명숙이 순두부같이 부드럽다고 한 종소리. 격한 소리. 움츠린 채로, 완벽한 어둠 속에 갇히기 전 마지막 기도 소리를 들어. 종소리가 아주 먼 길을 인도하는 것 같아 다행이야.

은총이 가득하신 마리아님, 기뻐하소서.
주님께서 함께 계시니 여인 중에 복되시며
태중의 아들 예수님 또한 복되시나이다.
천주의 성모 마리아님,

이제와 저희 죽을 때에
저희 죄인을 위하여 빌어주소서.

너는 그렇게 끝내 어둠 속에 갇혔어.
시공간이 얽히니 세계도 얽혔어. 어미 명숙은 강도 건너기 전에 네게로 왔지. 가여운 것. 어미가 네 머리를 쓰다듬었어. 쓰다듬고, 또 쓰다듬고. 너는 구천을 떠돈다는 말이 싫었어. 구천이 저 깊디깊은 땅속이라는 것을 안 뒤로 더 그랬어. 차가운 방바닥에 등을 대던 어미가 몸서리치던 그 느낌보다 더 차고 습한 곳. 빛이 스미지 않은 곳. 짐작도 할 수 없는 곳. 2월, 아직 해가 뜨지 않은 그 시간, 세상 밖을 경험하지 못한, 몸이 형성되지 않은 너는 모든 것을 알아버린 것처럼 한순간 늙었다고 생각했고 떠돌았어.
언젠가 어미와 사랑을 나누던 그가 말했지. 지금 밤하늘에 빛나는 저 별은 지금 이 시간 빛을 내고 있는 것이 아니라 수억 광년 전의 빛이 달려와 지금 빛나고 있는 거라고.
"광년?"
어미가 맑은 눈으로 물었을 때 그는 말했어.
"우리가 보는 저 별빛은 그 별에서 이미 오래전에 빛났던 빛이야. 이제야 이곳으로 당도해 지금 우리가 보고 있는 거고. 그러니까 우리가 상상할 수도 없는 먼 데서 태양만큼 크고 강한 빛을 쏘았고 그 빛이 오랜 시간을 거쳐 지금 여기에 이나마 빛나고 있어서 우리가 보고 있는 거지. 사실 별들도 태양만큼 크고 빛나는데 다른 별들은 태양보다 엄청 멀리 있어 이렇게 작게 보이는 것뿐이야."

어미가 믿을 수 없다는 얼굴을 했지. 빛이 얼마나 빠른지 그쯤은 어미도 알고 있었으니까.

"빛이 얼마나 빠른데. 내가 보는 저 별빛이 우리한테 오는데 그렇게 오래 걸린다면 도대체 얼마나 먼 거리에 있어야 하는 거야? 내 머리로는 짐작도 안 돼. 그렇게 짐작이 안 되는 거리는 오히려 멀게도 안 느껴져. 천만 원이 어떤 돈인지 짐작이 안 되는 것처럼 말이야."

그렇게 말하는 게 귀여운지 그가 볼에 살짝 입을 맞췄어.

그때 너는 생각했어. 어미 품속에 있던 시간은 물리적 시간일 뿐이라고. 수억 광년 전의 빛이 우리에게 와서 빛을 내듯이, 너는 그렇게 왔고, 내내 사라지지 못한 거라고. 아마 빛도 그래서 사라지지 못하고 내내 빛을 내는 거라고. 누군가의 염원이 모이고 모이면 물리적 시간은 길이를 알 수 없는 시간이 된다고. 네 말이 맞었어. 너는 어미 곁을 떠돌았고, 드디어 만났어. 어미는 자유공원의 벚꽃처럼 화사하게 스물두 살로 네게 왔어.

작가의 말

 아주 오래전, 대우전자 인천공장에서는 2월에 본격적인 임금 인상을 앞두고 소모임에서 비밀리에 선전전을 펼치고 있었다. 모두가 점심을 먹으러 간 사이, 나와 몇은 컨베이어벨트 아래에 임금 인상 쟁취하자는 노란 바탕에 붉은 구호가 적힌 스티커를 붙였다. 점심시간이 끝나는 벨이 울리고, 육중한 무게의 컨베이어벨트가 기세 좋게 돌아가면서 밑에 있던 구호가 위로 올라왔다. 웅성웅성거리는 소리가 나고, 컨베이어벨트가 멈췄다. 비슷한 일이 다른 부서에서도 있었고, 스티커는 탈의실에서도 나왔다. 대학생 신분이었던 노동자가 해고되었고, 나는 강제 사직서를 썼다. 1986년 2월이었다.

같은 공장에서 해고된 선배들과 같이 송림동 달동네에서 모임을 했다. 주로 내가 반찬을 만들었는데 감자볶음이나 가지나물, 호박볶음 등이었다. 현대시장에 가면 부러진 호박 무더기를 한 바구니 놓고 싸게 팔았다. 양파와 마늘, 새우젓을 조금 넣고 볶은 호박을 그 여름 내내 먹었다. 밤이면 토론을 하거나 P세일을 했다. 유인물을 접어 새벽에 골목길을 지나가며 담장 안으로 던져 넣는 일이었다. 새벽 공기를 가르며 차악 떨어지던 유인물, 개 짖는 소리, 누군가의 발소리가 들리기라도 하면 도망치듯 빠져나가던 좁은 골목, 골목의 희미한 가로등 같은 것이 기억에 남아 있다. 지금도 그런 골목을 보면 P세일 하기 좋은, 아까운 골목이라는 생각이 든다. 아침에 유인물을 발견한 사람들은 어떤 기분이었을까.

인천 5·3민주항쟁 때는 허리에 철사를 두르고 주안시민회관 근처를 어슬렁거리다 리어카 연단을 만들 때 달려 나가 철사를 풀었다. 리어카 위에 합판을 대고 연단을 만드는 데 철사가 필요했다. 선배 노동자가 리어카 연단 위에서 핸드마이크를 들고 선동했다. 수만 장의 유인물과 최루탄 가스가 도로를 뒤덮었다.

고등학교 때부터 알던 남자 친구는 노동운동을 왜 하는지, 자신을 설득해보라고 했지만 설명하지 못했다. 그가 살던 동암역 근처를 지날 때마다 마음이 아렸다. P세일과 관련된 시를 한 편 썼는데 선배에게 부르주아적인 시라고 힐책을 당하는 바람에 그 뒤로 글을 쓰지 않았다.

출근길 주안공단으로 가는 버스에 올라 다른 친구가 유인물을 나눠줄 동안 민주노조 건설과 임금 인상의 당위성을 알리는 버스 안 홍보전을 펼치기도 했다.

주안공단 게시판에 수시모집 공고를 보고 이력서를 넣어 공장에 들어갔다. 모집 공고는 게시판에 늘 가득 붙었다. 엄지와 검지로 자판에 들어갈 버튼을 눌러보면서 미세한 걸림을 잡아내는 일이었다. 비염으로 거의 숨을 쉴 수 없는 지경이 되었을 때 점심시간을 이용해 이비인후과병원이라는 데를 처음으로 다녀온 날이었다. 공단 골목에서 누군가 말을 걸어왔다. 같은 공장에 다니는 남자라고 했다. 들어가는 길에 몇 마디 인사 비슷한 걸 나눴던 거 같은데 그 친구가 회사 사무실로 불려갔다. 나랑 어떻게 아는 사이냐고 취조 당하듯이 물었다는 걸 알았다. 아무런 활동도 안 했고, 전조도 없었는데 감시받고 있었다. 사표를 썼다. 1986년 10월쯤이었다.

1987년엔 주로 거리에 있었다. 아랫녘 마산과 창원의 노동자들이 6차선 도로를 점거하고 지게차와 중장비를 앞세워 거리 행진을 하는 모습을 텔레비전에서 가슴 벅차게 봤다. 공단의 공장마다 민주노조 건설이라는 플래카드가 걸리던 시절이었다. 그해 10월쯤 악기공장에 들어갔다. 악기공장은 1, 2, 3공장이 있었는데 1공장은 일반 가정용 피아노, 2공장은 연주용 피아노, 3공장은 기타를 만들었고, 각 공장은 조금 거리가 있어 버스를 타고 나가야 했다. 앞서 87년 8월 민주노조 건설을 위해 싸우던 선배들이 해고된 다음이었다. 2공장 도장과에서 일했다. 스프레이로 도장을 하기 전 칠이 묻으면 안 되는 본체를 갱지로 덮고 테이프로 마스킹하거나, 건반 뚜껑 내부에 회사 마크를 붙이는 일을 했다.

소모임을 했던 이들과 함께 1989년 민주노조 건설을 위한 선거를 준비했다. 주로 오륙십대 남성이 주축인 공장이었고, 나는 수석부위원장에 내정돼 있었다. 고작 스물세 살이었다. 점심시간에 버스를 타고 1공장으로 가서 연단에 올라 점심을 먹고 나오는 노동자들에게 임금 인상과 민주노조 건설에 대해 선동했다. 다리가 바들바들 떨렸는데 그걸 표 내지 않으려 다리 끝을 살짝 들었다. 목소리가 떨리지는 않았다. 선거를 치르기 전에 회사에서 해고당했다. 당시 도시산업선교회

옥상에 있는 해고자협의회 사무실을 들락거렸다. 같은 공장 출신인데, 이선희의 「J에게」를 기막히게 잘 부르는 동생이 있었다. 그의 노래를 넋을 놓고 들었던 기억이 있다. 주로 해고자협의회 사무실에서 모였는데, 모임이 원활하게 이루어지진 않았던 기억이 있다.

해고의 부당성을 알리려 출근 싸움을 하다가 공장 안으로 진입 시도를 했고, 회사 문을 막고 있던 관리자와 나를 보호하려던 동료들이 몸싸움을 벌였다. 이 일로 무리한 싸움을 했다는 힐책을 들었다. 1989년 일이었다. 그 당시 인천 지역의 운동 조직이 대부분 와해되거나 조직이 잘 관리되지 않았다. 현장에 있지 않은 나는 할 일이 없었다. 방치된 느낌이었다. 추동력이 필요했지만 점점 무기력해졌다. 무얼 할지, 무얼 할 수 있을지 모른 채였다. 더 이상 할 일도 없는 것 같았다. 다시 취직하기 어려웠고, 돈도 없었다.

나를 담당하던 조직의 선배에게 운동을 그만두겠다고 했다. 그다음에 만났을 때, 선배는 그러면 자신의 동생을 한번 만나보지 않겠느냐고 했다. 동생은 군에서 제대하자마자 군복도 벗지 못한 채 인천 5·3민주항쟁을 맞았고, 인천에서 전쟁 났다고 지방에서 온 일꾼들이 모두 도망가다시피 한 자전거포를 맡아 일을 하고 있었다.

동생을 소개받아 만났지만 만날 때마다 헤어질 결심을 했다. 그는 연애에 젬병이었고, 소위 '무드'를 탈 줄 몰랐다. 나 역시 연애다운 연애를 못해본 채 환상만 품고 있었다. 만날 때도 그리 설레지 않았고, 헤어질 때도 격하게 보고 싶다거나 하지 않았다. 그도 자전거포를 지켜야 해서 주말에도 시간 내기 어려웠다. 어느 때인가 덥수룩하던 머리를 이발하고 나왔는데 처음으로 보조개가 귀엽다는 생각이 들었다.

해고무효소송으로 다음 날 증인을 만나야 하는데 돈이 한 푼도 없었다. 돈을 빌릴 데가 없어 그에게 전화를 걸어 십만 원만 달라고 했다. 그가 가게 근처인 부평역으로 나오라고 했다. 먼저 도착한 나는 돈을 달라고 한 게 뻔뻔하다는 생각이 들어 음료수를 한 병 사 들고 그를 기다렸다. 자전거를 타고 온 그는 수표 한 장을 건넨 뒤 음료수만 받고 바로 자전거를 타고 돌아갔다. 그가 막 좋아지려던 참이었고, 돈을 어디에 쓰려고 그러느냐 묻지도 않고 주고 돌아간 그가 믿음직스러웠다. 사랑은 몇 년 지나면 식을 테고, 그 믿음이면 평생 살 수 있을 것 같았다.

나는 아이들이나 내 가까운 지인들에게 이날에 대해 이야기할 때면 십만 원에 팔려 결혼한 여자라고 농담처럼 말하곤 했다. 그때 남편은 가게 밖 인도에 자전거를 줄지어 내놓은 상태로 한창 바쁜 자전거포를 비워놓고 급하게 온 터라 나와 무슨 말을 나누고 말고 할 상황이 아니었다. 그러니 돈만 주고 후딱 자전거포로 되돌아갈 수밖에 없었던 것이다. 내가 생각한 당시의 '믿음직함'은 허상이었던 것이다. 물론 그는 더없이 믿음직한 사람이었다. 더 이상 무기력한 해고자 생활을 하고 싶지 않았던 나는 결혼으로 도피했다. 도피. 그건 명백한 도피였다.

내가 소설가가 되었을 때, 나는 이십대의 내 삶을 소설로 쓰지 않겠다고 마음먹었다. 나처럼 현장에서 도피한 비겁한 사람은 현장의 이야기를 쓸 자격이 없다고 생각했다.
2018년 인천민주화운동센터에서는 인천민주화운동백서를 준비하면서 시대별, 사건별 기록이 아닌, 사람을 중심으로 한 책을 펴내기로 계획했다. 딱딱한 기록용 글이 아닌, 부드러운 글로 선배 운동가의 삶을 인터뷰하고 글을 쓸 소설가를 물색하던 중 나와 연결이 되었다. 일을 맡아 노동운동을 했던 선배를 인터뷰하기로 한 자리에 이형진 선배가 선배님을 모시고 같이 나왔다.
이형진 선배는 내가 해고자협의회를 들락거릴 때, 해고자협의회 사무장을 맡았던 선배로 어느 정도 아는 사이였다. 우리는 동시에 놀랐다. 나는 학생 출신인 그가 아직도 노동 현장에 남아 몸이 아픈 선배의 기억을 대신 복원하며 노동운동을 계속하고 있다는 데에 놀랐고, 그는 스물몇 살의 어린 여공이 소설가가 되어 나타났다는 데에 놀랐다.

 다음 번 만났을 때, 나는 선배에게 사실 이 소설을 쓰고 싶지만 몇 년을 망설이고 있다는 얘기를 했다. 이십대의 나를 이 소설을 통해 만나고 싶었다. 선배는 충분히 쓸 수 있다고 격려도 해주고 자료도 찾아주었다. 고마웠다.

 소설을 시작했지만 자주 멈췄다. 어느 땐 회의가 들었다. 당시의 일을 겪었던 선배님을 직접 만나지는 않았다. 그 선배님들 앞에서 나는 여전히 기가 죽었다. 또 인터뷰를 하다 보면 그 인터뷰에 책임지기 위해서라도 내가 의도한 방향으로 쓰기 어려울 수 있다는 생각도 들었다. 소설을 완성했을 때, 나는 비빌 언덕이라도 되는 것처럼 선배에게 먼저 소설을 보여줬고, 책 뒤표지에 실릴 글을 부탁했다.

 이십대에 공장 생활 삼 년가량을 포함해 고작 오 년 정도가 노동운동의 전부인데 내 삶은 왜 여기 묶여 있는가. 그때의 무엇이 내 삶의 기저에 깔려 나를 끌고 가고 있나 묻고 또 물었다. 소설을 쓰지 않고는 앞으로 나아갈 수 없다고 생각했다. 우리를 움직였던 건 거창한 이념이 아니었다. 그게 옳다고 생각했고, 부당한 것에 고개 숙이고 싶지 않았다. 때로 서툴렀고 좌절했지만 꺾이고 싶지 않았다. 그때 그 마음, 나를 움직였던, 그녀들과 당신을 움직였던 그 마음은 지금도 유효하다고 생각한다. 그렇게 믿는다.

2025년 11월
양진채